Rainer Ruppersberg

ILIYA DUVENT

rettet die Erde

2. Auflage

Kontakt: geschichten@rr-creative.com

Covergestaltung und Illustrationen: Marina Mudra
Lektorat: Maria-Elisabeth Rudolf

Qindie steht für qualitativ hochwertige Indie-Publikationen. Achten Sie also künftig auf das Qindie-Siegel! Für weitere Informationen, News und Veranstaltungen besuchen Sie unsere Website: http://www.qindie.de/

Als Font kam EB Garamont zum Einsatz.
Die Schrift EB Garamond ist Open Source Software unter der ofl Lizenz.
Einen herzlichen Dank an http://www.georgduffner.at

Inhaltsverzeichnis

Iliya Duvent war ein Wirbelwind.

Für ihr Alter war sie eher klein, mit langen roten Haaren, Sommersprossen auf der Nase und wachen braunen Augen.

Iliya war kein gewöhnliches Mädchen. Was sie auch unternahm, sie tat es mit Begeisterung und Phantasie. Neugierig, wie sie war, galt ihr Interesse den verschiedensten Dingen.

Immerzu mit ihren Freunden Rudi und Karl auf Achse, war sie in ihrem Viertel ebenso bekannt wie beliebt. Trotz aller Streiche kannte man sie als hilfsbereit und ehrlich. Meistens jedenfalls.

Sie war selbstverständlich die Anführerin. Schließlich hatte sie die besten Ideen. Andererseits machten Rudi und Karl auch nicht alles mit, was Iliya vorschlug. Dann konnten die Jungs ihre Freundin einfach wortlos stehen lassen, um zum Computer spielen zu Rudi zu gehen. Dies machte Iliya keinen Spaß, was die beiden nur zu genau wussten.

Und so verpassten Rudi und Karl die folgende Geschichte.

1 Verschwunden

Iliya hatte vorgeschlagen, in den Wald zu gehen, um ein paar Proben zu sammeln. Diese wollte sie zusammen mit ihren beiden Freunden unter ihrem Mikroskop ansehen. Vielleicht würden sie kleine Lebewesen entdecken? Womöglich bisher unbekannte Mikroben, winzige Geschöpfe, die man nur im Mikroskop erkennen kann.

Rudi und Karl sahen sich an, drehten um und ließen Iliya auf der Wiese am Stadtrand stehen.

Missmutig starrte sie den beiden nach. Sie fühlte Enttäuschung und Ärger in sich ringen, bis der Trotz als lachender Dritter gewann. Gerade als die Jungs um die Ecke verschwunden waren, landete das Raumschiff neben ihr. Es war verblüffend klein, kaum größer als eine Currywurstbude und erinnerte an einen Erdhügel. Fast lautlos klappte eine Art Treppe aus, die, je näher Iliya ihr kam, viel zu gewaltig für das Sternenschiff wirkte. Ein flauschig braun behaarter Außerirdischer trat ihr entgegen und zupfte sie am Ohr.

»Aua!«, rief Iliya und rieb sich verdutzt ihr Ohrläppchen.

»Ich möchte bitte mit eurem Anführer sprechen«, sagte der Besucher mit samtener Stimme. Seine leuchtend braungoldenen Augen sahen sanft auf sie hinab und seine großen, behaarten Ohren schienen ihr zuzuwinken.

»Das bin ich!«, antwortete Iliya schnell, wobei sie sich Mühe gab, würdevoll zu klingen. Sie fand das alles viel zu aufregend, um den Außerirdischen gleich wieder wegzuschicken. Und außerdem! War in einer Demokratie nicht jeder der Anführer? Wenigstens ein bisschen? Das Mikroskop konnte warten!

»Oh«, sagte ihr Gegenüber und räusperte sich. Vermutlich hatte er nicht damit gerechnet, bereits mit seinem ersten Landeversuch Erfolg zu haben. »Mein Name ist Schnapfzupgratztrup, ich komme mit freundlichen Grüßen aus unserer Heimat, dem Planeten Barug.«

»Bist du ein Mädchen oder ein Junge?«, fragte Iliya, doch es klang eher wie: »Kumpel oder Spielverderber?« Sie war noch angefressen wegen Rudi und Karl.

Schnapfzupgratztrup sah Iliya verwirrt an, was sie an ihre »guten Manieren« erinnerte. »Entschuldige bitte«, sagte sie hastig. »Ich bin Iliya.« Artig streckte sie Schnapfzupgratztrup die Hand zum Gruß entgegen. Dieser blickte darauf, wie auf ein Geschenk, dessen Sinn er nicht verstand. »Ich bin ein Mädchen«, führte sie weiter aus. »Und Rudi und Karl sind Jungs. Bei uns gibt es Mädchen und Jungs. Wenn Mädchen groß sind, nennt man sie Frauen und sie sagen den Jungs, was sie zu tun haben. Wenn die Jungs groß sind, nennt man sie Männer und sie glauben, dass sie den Frauen und Mädchen sagen, was sie zu tun haben.« Iliya sah dem Besucher – möglicherweise einem Jungen? – herausfordernd in die braungoldenen Augen. Diese blickten nach wie vor verwirrt, nun aber auch nachdenklich zurück. Schließlich ging ein Ruck durch Schnapfzupgratztrup.

»Ich bin ein Num«, antwortete er, wobei »Num« mehr geschnurrt als gesprochen klang. »Bei uns gibt es nicht nur Jungs, Mädchen, Männer und Frauen! Vielmehr sind da die Num, wie ich, aber auch die Nam, die Nim, die Nem, die Nom, die Nüm, die Nöm und die Näm. Wenn sie älter werden nennt man sie dann ...« Er hielt inne, um zu überprüfen, ob die Anführerin der Erde ihm noch zuhörte.

»Du hast einen merkwürdigen Namen«, stellte diese fest. »Darf ich dich Numo nennen?« Schnapfzupgratztrup gab ein schnaufendes Schnurren, das wie Lachen klang, von sich.

»Aber ja!«, sagte er mit seiner angenehmen Stimme. »Wenn ich dich Iliya nennen darf?« Die i's zog er dabei wie Spaghetti in die Länge, sodass der Name eine eigene Melodie bekam.

Iliya nickte und beide schwiegen. Es entstand das, was man eine »unangenehme Pause« nennt. Wollte Numo nicht etwas? Er räusperte sich und bohrte nachdenklich in der Nase.

»Und? Was machst du hier?« Iliya wippte auf ihren Füßen hin und her und blickte den Außerirdischen erwartungsvoll an.

Numo zog eilig den Finger aus seinem Riechorgan. Verlegen verschränkte er die Arme hinter dem Rücken und schnippte etwas, auf das nicht näher eingegangen werden soll, nicht unauffällig genug weg. Iliya hätte schwören können, dass sein Fell einen leichten Rotton annahm, als er bemerkte, dass sie es gesehen hatte. Er hüstelte verlegen und begann seine zuvor intensiv auswendig gelernte Rede: »Sehr verehrtes Oberhaupt ...«

»Wer?«, fragte Iliya, die gerade nicht daran dachte, dass sie sich als »Oberhaupt des Planeten« vorgestellt hatte. Verdutzt sahen sich beide an.

»Entschuldige«, murmelte Numo und setzte erneut an: »Sehr verehrte Iliya ...« Er hielt inne, um sicherzugehen, dass das Oberhaupt des hiesigen Planeten mit der neuen Anrede einverstanden war. Dieses blickte gespannt zurück. Beruhigt fuhr er fort: »Wir haben ein Problem.« Er streckte die Arme weit auseinander, um die Größe des Problems zu veranschaulichen. Iliya sah von einem Ende der Geste zum anderen, dann in Numos Augen, die sie, waldhoniggelb wie sie waren, erwartungsvoll beobachteten. Nachdem er tief Luft geholt hatte, seufzte er: »Juldre ist verschwunden!« Seine Augen bekamen einen traurigen Ausdruck. Iliya sah ihren neuen Freund neugierig an, doch dieser schien bereits alles gesagt zu haben, was ihm wichtig erschien.

»Juldre?«, fragte sie daher.

»Ja«, seufzte er.

»Wer ist Juldre?«

Eine Weile sah Numo sie schweigend an. Er überlegte, wie er die Frage beantworten konnte. Endlich sagte er: »Das ist der meinige Drache.«

»Oh«, machte Iliya und ihre detektivischen Synapsen arbeiteten auf Hochtouren. »Der Meinige – das ist aber eine reichlich altmodische Formulierung.«

»Ja?« Numo blickte sie peinlich berührt an. Hastig kramte er in seinem flauschigen Pelz, zog etwas hervor, das wie ein Buch aussah, klappte es auf und gestikulierte mit den Fingern darin herum.

Kein Buch, stellte Iliya fest. Ein Taschen-Lexikon-Computer-Buch. Oder kurz: ein TaLeCoBu.

Numo fand die gesuchte Stelle in seinem Nachschlagewerk und korrigierte: »Nicht a-l-t-m-o-d-i-s-c-h.« Er sprach dieses Wort umständlich langgezogen aus, da es ihm neu war. Peinlich berührt sah er Iliya an. »Was ich meine ist …« Er blätterte erneut und sagte schließlich erleichtert: »Der Drache, der zu mir gehört.«

Da es Iliya ehrlich gesagt nicht interessierte, wem der Drache gehörte, versuchte sie, das Thema in spannendere Bahnen zu lenken.

»Drache?«, hakte sie nach.

»Ja«, sagte Numo. Seine Augen blickten ratsuchend umher. Hatte er erneut etwas Falsches gesagt? Sicherheitshalber schlug er erneut im TaLeCoBu nach. Mit einem zufriedenen Ausdruck schloss er es wieder.

»Wo hast du ihn denn zuletzt gesehen?«, fragte Iliya.

»Quadrant 5, Galaxie 123, Abschnitt 27, Teil 3457, Platz 0«, antwortete Numo wie auswendig gelernt.

»Wo?«, entfuhr es Iliya, wobei sie vergaß, nach dem »o« den Mund wieder zu schließen.

»Ihr nennt es Sonne«, erklärte er.

Iliya war verwirrt. Was machte ein Drache bei der Sonne? Und wie kam er dorthin?

»Drachen fliegen Raumschiffe?«

»Aber nein!« Er lachte spontan auf. »Sie brauchen doch kein Raumschiff.«

Iliya sah Numo mit ihrem Erzähl-das-deiner-Oma-Blick an, der im gesamten Universum verstanden wurde. Also erklärte er: »Drachen fliegen frei durch den Weltraum, ganz ohne Hilfsmittel!«

Iliyas Miene hielt dieser Aussage stand.

»Mit ihren Flügeln lassen sie sich von den Partikel-Stürmen der Sterne treiben und fressen diese dabei. Wenn sie einen Planetoiden ansteuern wollen, können sie die Substanz ausstoßen und dorthin fliegen.«

»Ein paar Pickel?« Iliya fand es langsam nicht mehr lustig, von einer Art Teddybär so durch den Kakao gezogen zu werden.

»Par-ti-kel.« Numo betonte jede Silbe. »Das bedeutet ›Teilchen‹. Das ...« Er hielt inne und holte sein TaLeCoBu hervor. »Sonnenwind!«, seufzte er erleichtert. »Wie ein Haarföhn heiße Luft nach außen bläst, pusten Sterne, bei euch die Sonne, Partikel, also Teilchen, von sich weg. Das erzeugt einen Wind. Den Sonnenwind.«

Iliya war beeindruckt. »Warum sagst du das nicht gleich?«, murrte sie. »Und wo ist dein ... ich meine, der dir zugeordnete Drache danach hin?«

Numos Augen bekamen erneut diesen traurigen Glanz. »Das weiß ich eben nicht. Ich habe keine Ahnung, was dort passiert ist. Ich brauche deine Hilfe!« Voller Hoffnung blickte er Iliya an.

»Klar!«, bluffte diese. »Fliegen wir hin und finden heraus, wo er sich zuletzt aufgehalten hat!«

In Numos Gesicht ging die Sonne auf. »Ich wusste, dass du das sagst!«, stieß er erfreut hervor. »Komm, hol deinen Raumanzug, dann geht es los!«

Ups, dachte Iliya und täuschte einen Hustenanfall vor, um Zeit zu gewinnen. »Der«, keuchte sie, »ist in der Reinigung!« Was für ein blöder Einfall, jetzt würde sie nicht mitfliegen können!

»Ach, kein Problem«, meinte Numo freundlich. »Ich habe immer ein paar Ersatzanzüge dabei. Wenn es dir nicht unangenehm ist, in einem meiner Anzüge mitzukommen?« Er blickte erwartungsvoll auf Iliya, die nur mit Mühe ihren Jubel zurückhalten konnte.

»Na ja«, sagte sie diplomatisch, »ich kann ja mal eine Ausnahme machen.«

Numo rülpste vor Freude und Iliya wich im letzten Moment einem betäubt vom Baum fallenden Vogel aus.

»Andere Länder, andere Sitten«, erinnerte sich Iliya an einen Ausspruch ihres Papas.

2 Zu spät

Bodas Tinktir liebte es, die fortschrittlichste Technik um sich zu wissen – lange bevor die Normalsterblichen auch nur ahnten, was es da alles an neuen Möglichkeiten gab. Als direkter Assistent des Chefs der GESA, der »Geheimen europäischen Weltraum Organisation«, hatte er seinen Traumberuf gefunden. Um das Universum zu verstehen, beobachtete die GESA mit modernsten Geräten den Weltraum. Aber auch in der Vergangenheit der Erdgeschichte forschte sie nach außerirdischen Zwischenfällen. Das mussten nicht zwingend Lebewesen sein. Meteoriten und Strahlungen konnten ebenfalls außerordentlich interessant sein. Während der Chef sich eher für geschichtliche Ereignisse interessierte und daher gerne in Ruinen oder Höhlen forschte, liebte Bodas alle Arten von neu erfundenen Maschinen. Dass das Neueste vom Neuen mitunter noch nicht fehlerlos funktionierte verwunderte nicht, schließlich hatte es ja kaum jemand ausprobiert. Gerade jetzt musste er daran denken, als er verzweifelt versuchte, mit einem elektrisch betriebenen Dienstwagen, dem Elobil, Vollgas zu geben.

Die Höchstgeschwindigkeit des Fahrzeugs lag bei vierhundertfünfzig Kilometern pro Stunde. Dennoch stellte es keine Gefahr für die anderen Verkehrsteilnehmer dar. Denn ebenso rasch, wie das Elobil beschleunigte, konnte es auch bremsen. Dabei überwachte ein Supercomputer per Satellitensignal die Fahrzeuge vor und hinter ihnen. Daraus berechnete er ein exaktes und optimales Geschwindigkeitsprofil, mit dem sie sicher durch den Verkehr kamen. Gas geben, bremsen oder aberwitzige Überholmanöver – für alles ermittelte das Elobil den korrekten Zeitpunkt schon dreißig Kilometer im Voraus. Bodas sah sich die Vorschläge in Ruhe an. Gelegentlich fand er geringfügig bessere

Möglichkeiten, die er dem Fahrzeugcomputer mitteilte. Steuern musste er das Elobil nicht, da es dies vollautomatisch tat. Meistens jedenfalls.

Für gewöhnlich rauschte das Elobil an den ungläubigen Blicken der anderen Autofahrer vorbei, derweil sich Bodas, ein Lächeln um die Lippen, lässig auf dem Fahrersitz räkelte. Nicht so im Moment. Seine Finger klammerten sich an das Lenkrad, während das Fahrzeug, trotz Vollgas, auf der Autobahn dahinkroch. Der Tachometer zeigte zehn Stundenkilometer und über den Bildschirm der Steuerkonsole liefen Warnungen und Fehlermeldungen. Der Beifahrer des Wagens hinter ihnen war ausgestiegen und ging bequem neben dem Elobil her. Die rote Färbung seines Gesichtes sah ungesund aus. Er machte eindeutige Gesten mit seinen Händen und schien auf Bodas einzuschimpfen. Dieser hatte jedoch nicht vor, die schalldichte Scheibe herunterzukurbeln, um es sich bestätigen zu lassen.

»Wir kommen zu spät«, seufzte der Chef. Er saß auf dem Beifahrersitz und las auf seinem Tablet-Computer Zeitung. »Nicht zu fassen«, brummelte er.

»Das ist diese unausgereifte Technik!«, setzte Bodas an, sich zu verteidigen.

»Nicht das, sondern *das*!« Der Chef hielt das Tablet so, dass sein Mitarbeiter einen Blick darauf werfen konnte. Er deutete auf die Schlagzeile: »Vesuv kurz vor dem Ausbruch? Panik in Italien!« Darunter sah man eine Fotografie des rauchenden Vulkans, dessen Krater zu glühen schien.

»Es kommt immer alles auf einmal«, kommentierte Bodas den Artikel, nachdem er einen flüchtigen Blick darauf geworfen hatte.

»Merkwürdiger Zufall, oder?«, meinte der Chef.

Bodas wartete und starrte weiterhin missmutig auf die Straße.

»Ob ein Zusammenhang mit dem Meteoriten besteht?«, mutmaßte der Chef.

»Wurde der nicht abgeschossen?«, warf Bodas ein.

»Und dann dieses Raumschiff …«, murmelte der Chef nachdenklich. Er sah auf seine Armbanduhr, sein Mitarbeiter dagegen auf die satellitensynchronisierte Quantenuhr am Armaturenbrett.

Vor fünf Minuten hätten wir am Einsatzort sein müssen, dachte Bodas. Nur noch 1 Kilometer bis zur Ausfahrt und dann nochmals 3 Kilometer. Ein Klacks! Eigentlich.

»Herr Tinktir, was meinen Sie? Sollen wir nicht mal die linke Spur verlassen und uns rechts einordnen? Wir müssen ja ohnehin bald abfahren«, sagte der Chef und hatte vermutlich recht. Bodas war es einfach zu sehr gewohnt, auf der Überholspur zu fahren, um selbst daran zu denken. Jetzt, mit dem defekten Elobil, das nur zehn Stundenkilometer schaffte, handelte es sich zugegebenermaßen um eine Option, die andere Spur zu nehmen.

Bodas setzte den Blinker, was mit einem begeisterten Hupkonzert hinter ihnen begrüßt wurde. Die Autos gaben Gas und er meinte, die gewiss nicht eben freundlichen Abschiedsgrüße der Insassen durch die schalldichten Scheiben hören zu können.

Bodas Tinktir war geborener Russe. Seinen ungewöhnlichen Namen verdankte er einem Urahnen seines Vaters, der Medizin aus Tinkturen herstellte. Dieses Wort ist uralt. Es stammt aus dem Lateinischen und bedeutet »gefärbte Flüssigkeiten«. Zu dieser Zeit benannte man Menschen nach ihrem Beruf: Müller, Schmied, Schäfer oder eben Tinktur. Nun waren die Elixiere seines Ururgroßvaters überaus wirksam und verschafften ihm den Ruf eines verlässlichen Heilers. Als jedoch der Sohn des Königs erkrankte und er ihm nicht helfen konnte, musste Tinktur nach Russland fliehen. Im Laufe der Jahrhunderte wurde schließlich aus dem – manchesmal zu Unrecht – nicht so ehrbaren Nachnamen »Tinktur« etwas, das sich heute »Tinktir« schreibt. Sein Vornamen wiederum war der Musikband »Rhumba di

Bodas« geschuldet, zu deren Klängen seine glückliche, werdende Mutter seinem ebenso werdenden wie entzückten Vater von seiner bevorstehenden Geburt erzählte.

Bodas tauchte aus seinen Gedanken auf. Als Meister der Improvisation konnte er jede Maschine instand setzen. Sollte er also anhalten und alles reparieren? Auch die Mathematik gehörte zu seinen Stärken. Er überflog die Möglichkeiten: Eine Reparatur dauerte bestimmt 30 Minuten. Für die 3,5 Kilometer, die sie noch vor sich hatten, benötigten sie bei 10 Stundenkilometern Geschwindigkeit ziemlich genau 21 Minuten. Damit war die Entscheidung gefallen. Er würde den Wagen später, am Ziel, reparieren, solange sein Chef den Außerirdischen in Empfang nahm.

Er konnte ja nicht wissen, dass dies, exakt in jener Minute, bereits ein rothaariges, acht Jahre altes Mädchen tat. Als sie wenig später die Wiese erreichten und das Raumschiff in den Himmel aufsteigen sahen, ahnten sie weder, dass sich Iliya an Bord befand, noch, was sie vorhatte.

»Verdammt!«, fluchte der Chef, während Bodas, über den Motor gebeugt, nach der Fehlerursache suchte.

»Verdammt, verdammt, verdammt!« Verärgert trat der Chef heftig gegen den Vorderreifen des Wagens. Mit einem dumpfen »Plonk« knallte die Motorhaube auf den Schädel seines Assistenten.

Die Motorhaube sehe ich mir danach an, dachte Bodas, während er sich seine frische Beule am Kopf rieb. Die ehrlich gemeinte »Bitte um Entschuldigung« von seinem Chef bestätigte er mit einem Nicken.

3 Auf zur Sonne

Sanftes Summen erfüllte den Raum und verbreitete eine beruhigende, fast einschläfernde Atmosphäre. Die angenehm gedämpfte Beleuchtung und die warmen Farben trugen ihren Teil dazu bei. Numos Raumanzug passte Iliya perfekt. Er umschmiegte ihren Körper wie ein prickelndes Schaumbad.

Ein Raumschiff! Sie befand sich wahrhaftig in einem echten Raumschiff! Einem, das durch das Weltall flog. Jetzt, in diesem Moment! Doch nichts hier entsprach ihrer Vorstellung von einem Fahrzeug. Wo sie auch hinsah, alles wirkte organisch, weich und kuschelig. Wie ein sommerlicher Garten. Ein überaus gemütlicher obendrein!

Dort, wo Iliya das Kommandopult vermutete – und das benötigt doch jedes Fahrzeug, oder? – nun, dort befand sich etwas, das mehr Ähnlichkeit mit einem blühenden Blumenbeet als mit einer Maschine besaß. Gemeinsam mit dem dahinter befindlichen Bildschirm samt zurückgezogenen Gardinen wirkte es wie ein Blumenkasten vor einem Fenster.

Der Sessel, in dem Iliya saß, war ungemein bequem: Weicher, moosüberzogener Waldboden, der sich sanft an ihren Körper schmiegte. Sie kuschelte sich hinein und betrachtete schläfrig den Bildschirm.

»Die Sterne«, seufzte sie aus tiefstem Herzen und voller Zufriedenheit. Aus einem blaugrauen Schleier tauchte plötzlich das klarste und tiefste Schwarz hervor, das sie je gesehen hatte. Darin: leuchtende, flirrend-flimmernde Punkte. »Sterne«, flüsterte sie erneut. »Und der Mond.« Sie wollte aufspringen und ihre Nase an dem Monitor platt drücken, wenn da nicht die kuschelige Umarmung des Sessels gewesen wäre. Nie zuvor in ihrem Leben hatte sie etwas derart genossen.

Behaglich entfuhr ihr ein weiterer Seufzer. Dann bemerkte sie, dass einige Kommandopultblumen ihre Farbe änderten und in tiefstem Blau erblühten. Manche Blütenblätter standen offen, andere wirkten so, als müssten sie noch knospen, obwohl Iliya hätte schwören können, dass sie eben geblüht hatten.

Numo spazierte gelassen brummend am Monitor und Beet vorbei. Kurz blieb er stehen und sah sich eine der erneut knospenden Blüten an. Sanft berührte er sie, griff nach der geschwungenen grünen Wasserkanne, die auf einem Hügel neben dem Pult stand, und goss einige Tropfen über die Knospe. Zufrieden lächelte er, stellte die Kanne zurück, zog die Vorhänge des Monitors zu und ließ sich in einen Sessel gegenüber seiner Mitreisenden plumpsen. Genüsslich streckte er sich. Seine Hand griff wie beiläufig neben ein Seite des Sitzplatzes und holte einen Kelch samt Strohhalm und verführerisch aussehendem Inhalt hervor. Er führte den Trinkhalm zu seinem Mund, schloss die Augen und nahm einen großen Schluck.

»Mmmoooooooaaaaaaaauuuuuuummmmmmooooooooaaaaaa ...«, summte es überall um Iliya herum und trug sie fort, schwebend dem Schlaf entgegen.

»Was war das für eine Geste?«, fragte Numo und weckte sie damit aus ihrem Schlummer.

»Was?«

»Vorhin, da hast du ungefähr so gemacht.« Er hielt Iliya seine Hand hin.

»Ach so«, gähnte sie. »So begrüßt man sich auf der Erde. Man gibt sich die Hand, schau, so.« Sie legte ihre Hand in Numos und drückte leicht zu.

»Nicht so schlaff«, sagte sie. »Aua, nicht so stark! Ja, so.« Numo hatte einen ausgesprochen kräftigen Händedruck.

»Und wie begrüßt ihr euch auf Barug?«

»So«, sagte Numo und zupfte Iliya leicht am Ohr.

4 Neue Freunde

Numo lehnte sich lächelnd in seinem Sessel zurück. Er griff neben sich nach dem Kelch mit der gelben, dicklichen Flüssigkeit samt blauem Strohhalm, an dem er genüsslich zog. Als das Getränk seinen Mund erreichte, schloss er genießerisch die Augen.

»Was trinkst du da?«, fragte Iliya.

»Sonnenbeersaft«, summte er im Gleichtakt mit seinem Schiff.

»Kann ich auch?« Sie streckte ihre Hand aus.

Aus halb geschlossenen Augenlidern blickte Numo auf Iliyas Geste, zurück in ihr Gesicht, und erneut auf ihre ausgestreckte Hand. Sein Sonnenbeersaft verlor einen Tropfen aus dem Strohhalm, während er überlegte, was sie wohl gemeint haben mochte.

»Kann ...«, wiederholte Iliya, »ich ... auch ... sowas haben?« Sie sah Numo hypnotisierend an. Dieser blickte aus seinen sandfarbenen Augen erst verständnislos zurück, dann hellte sich seine Miene auf: »Du möchtest auch?«, wiederholte er die ursprüngliche Frage und sprang auf. Er griff in einem Schrank nach einem Kelch aus stilvoll geschwungenem, flechtenbewachsenem Holz. Dieses schraubte er in irgendetwas, in das sich solch ein Kelch eben schrauben lässt. (Was soll man sonst dazu sagen? Habt ihr schon mal einen Kelch irgendwo hinein geschraubt? Eben!) Eine zähe goldene Flüssigkeit strömte in das leere Gefäß. Numo lächelte Iliya an. Diese wippte auf ihrem Sessel hin und her, während sie mit großen Augen zusah, wie sich das Behältnis langsam füllte. Gekonnt schraubte Numo das Gefäß ab. Er griff hinter sich, zauberte einen grünen Strohhalm, ähnlich dem Seinen, hervor, steckte ihn in das Getränk und hielt die Kreation erwartungsvoll seinem Gast hin. »Du musst einen kräftigen ...« Er machte eine bedeutungsvolle Pause, in der er tief Luft holte. »Schluck davon nehmen, ihn im Mund behalten und ...« Numo lächelte sie schwelgerisch an. »Genießen!« Er seufzte und gab ihr den Kelch in die Hand.

Iliya konnte es kaum erwarten und zog kraftvoll an dem Strohhalm. Sie hielt inne und ließ das Getränk in ihrem Mund wirken. Die Reihenfolge der folgenden Ereignisse zu rekonstruieren ist schwierig.

Iliyas Augen wurden erst groß, dann rot, dann glasig. Oder vielleicht auch alles zugleich. Ihre Backen blähten sich auf und gelbe Pickel sprossen in ihrem Gesicht. »Bäääähhhh!«, schrie sie, und bevor sie nachdenken konnte, spuckte sie den Inhalt ihres vollen Mundes quer und ungezielt durch den Raum: Auf den Rasen, also den Boden des Raumschiffes, Numos Pelz, den Tisch, die Kommandoblumen des Schiffes und, nun ja, eben überall hin.

Während aus ihrer Nase noch gelbe Rinnsale des Sonnenbeersaftes liefen und – zumindest fühlte es sich für sie so an – Rauchschwaden aus ihren Ohren aufstiegen, registrierte sie, dass Numo sie erwartungsvoll und durchaus freudig anstrahlte.

»Lecker?!«, stellte er fest und Iliya konnte nicht anders, als zu nicken. »Zitrone?«, japste sie. »Pure Zitrone? Mit Pfeffer?«

Numo bejahte mit einem begeisterten »Hm! Und Chili von den barugschen Feuerbergen.« Er nahm einen Schluck aus seinem Sonnenbeersaft.

Irgendwo im Hintergrund hörte Iliya eine Klappe klappern, gefolgt von einem sich nähernden schnaufenden Grunzen. Trotz der Tränen in ihren Augen sah sie eine Art Bürstenschwein mit Elefantenrüssel, der durch die Luft fuchtelte und alles aufsaugte, was sie soeben von sich gegeben hatte. Dabei schnaufte das Wesen erfreut und rülpste zwischendurch und immer mal wieder.

Numo saß ungerührt in seinem Sessel, den Sonnenbeersaft in der Hand. Gerade fuhrwerkte der Rüssel über seinem Fell, als Iliya endlich sagen konnte: »Entschuldige bitte!« Das alles war ihr furchtbar peinlich.

»Was?«, fragte Numo ehrlich erstaunt und scheuchte den soeben besonders aufdringlichen Rüssel weg.

»Na das!«, meinte Iliya und zeigte auf ihr gespucktes Kunstwerk, das der Saubärsauger eifrig zu entfernen bemüht war.

Numo winkte nur ab. »Ach das«, sagte er und deutete beiläufig auf die Sau. »Schmengel ist froh, auch mal etwas zu tun zu haben! Ist nicht so viel los hier!«

Iliya beruhigte das nicht wirklich, zumal sie nicht wusste, wie sie den restlichen Sonnenbeersaft loswerden sollte. Ihr Kelch war immerhin noch fast voll. Für Numo dagegen schien das Thema erledigt zu sein. Er lag in seinem Sessel und hielt, leise schnarchend, ein Nickerchen.

Meine Chance, dachte Iliya und blickte sich hastig nach etwas um, in das sie die Reste leeren könnte. Das Blumenkontrollpult erschien ihr zu gewagt, aber wo sonst?

Schmengel machte soeben neben ihr sauber. Als sie hinunterblickte, hielt ihr der Saubärsauger erwartungsvoll seinen Rüssel entgegen. Warum nicht, dachte sie und kippte den Inhalt ihres Gefäßes vor Schmengel auf den Boden. Doch dieser war schneller. Sein Rüssel schoss vor und saugte, pfffffrrrrttzt, den Sonnenbeersaft auf, noch bevor er aufkam.

»Danke!«, flüsterte Iliya.

»Rülps«, machte Schmengel und verschwand zufrieden hinter der Klappe, aus der er gekommen war. Iliya blickte ihm ebenso verzückt wie erleichtert hinterher. »Wer war das denn?«, fragte sie.

»Das war Schmengel«, erklärte Numo, der mit einem Grunzen erwachte. »Ein Rüsselbär von Auris 3.«

»Der war aber süß!«, sagte Iliya.

»Ich nenne ihn Schmengel, weil er mein Schmutzengel ist.«

»Er mag Schmutz?«

Numo, der die Augen erneut geschlossen hatte, nickte und tastete mit den Lippen umständlich nach seinem Strohhalm, um einen weiteren Schluck zu nehmen, bevor er erneut einnickte.

Iliya kramte in den Taschen ihres Raumanzuges und beförderte ein Taschentuch mit hineingespucktem Kaugummi heraus. Verstohlen schielte sie zu Numo, der zu schlafen schien. Bemüht unauffällig hielt sie das verschmutzte Schnäuztuch von sich weg und wartete. Es dauerte nicht lange und sie hörte hinter sich das inzwischen bekannte schnappende Geräusch der sich öffnenden Klappe und dann das vertraute Schnaufen von Schmengel. Erwartungsvoll lächelte sie und hielt das Taschentuch etwas fester umklammert. Hinter sich konnte sie das Schnüffeln näher kommen hören und spürte schließlich Schmengels Atem an ihrer Hand. Rasch zog sie ihren Arm zurück.

Der Saubärsauger schob seinen Rüssel an ihrem Bein vorbei zu ihrem Bauch und kitzelte sie. Sie kicherte und Schmengel verharrte. Aus tiefschwarzen Knopfaugen sah er sie an.

»Braver Schmengel«, flüsterte Iliya und streichelte seinen Kopf, während der Rüssel an ihren Händen schnupperte. Als er das Taschentuch fand, hielt er kurz inne, schnappte fix nach dem Schmutz, saugte ihn mit einem Geräusch, das wie ein rückwärts abgespielter Pups klang ein und sauste zurück in seine Hütte.

Iliya kicherte und blickte ihm hinterher. Ist der süß, dachte sie, als sich die Klappe hinter ihm schloss, und starrte noch ein wenig länger dorthin, wo er verschwunden war. Schließlich sah sie eine leichte Bewegung hinter dem Versteck und Schmengels dunkle Knopfaugen lugten hervor und beobachteten sie.

»Ich habe nichts mehr für dich«, sagte Iliya leise, als das Raumschiff von einem sanften Vibrieren erfasst wurde. Schmengel verschwand hinter seiner Klappe.

Iliya kam wieder das »Muuuuooooaaaaammmmmm«-Summen ins Bewusstsein und sie blickte Numo an, der noch immer zu schlafen schien.

»Wann sind wir da?«, fragte sie unvermittelt und er schrak auf. Verwirrt kratzte er sich am Kopf, um Zeit zu gewinnen, die Frage zu verstehen.

»In etwa fünf Minuten!«, sagte er nach kurzem Nachdenken und Blick zum Blumenkontrollpult.

Nun wusste Iliya, wie jedes Mädchen in ihrem Alter, dass das Licht das schnellste Ding überhaupt war. Und sie wusste auch, dass nichts so flink fliegen konnte wie Licht, nicht einmal annähernd. Und Licht brauchte von der Sonne zur Erde acht Minuten. Was Numo da erzählte, konnte doch nicht stimmen, oder?

»Muuuuoooooaaaaammmmmm«, summte das Schiff derweil.

Der Flug von der Erde zum Mond dauerte einige Tage. Das hatte sie in einem ihrer Bücher gelesen. Und die Sonne war gewiss viel weiter von der Erde entfernt als der Mond, und ein paar Tage waren sie ganz sicher noch nicht unterwegs gewesen, oder?

Numo streckte sich und gähnte. Iliya kam unwillkürlich der Gedanke, dass Zähneputzen angesagt war.

»Das kann nicht sein«, sagte sie. Numo hielt inne. »Das Licht braucht von der Sonne zur Erde ...«

»Lichtgeschwindigkeit«, unterbrach Numo.

Iliyas Mund stand offen, die nächsten Worte ihrer Argumentation schon auf den Lippen. Sie wartete darauf, dass Numo weitersprach, aber es passierte nichts, außer, dass eine Fruchtfliege neugierig in ihren Mund flog, ihn rasch wieder verließ und eilig einen Eintrag in ihr Flugtagebuch machte.

»Lichtgeschwindigkeit«, wiederholte Numo endlich, »ist nur etwas für Raumfahrer.«

Ja, dachte Iliya.

»Aber ...«, sagte Numo, hielt inne und sah Iliya aus seinen waldhonigfarbenen Augen an. »Wir«, sagte er und deutete dabei auf sie und sich selbst, »wir sind keine Raumfahrer!« Er lehnte sich lächelnd zurück, schloss die Augen und nahm einen tiefen Zug aus seinem Kelch. Während Rauchwölkchen aus seinen Ohren aufstiegen, ergänzte er genüsslich: »Wir sind Ereignisfahrer.«

5 Forscher entdecken nichts Neues

Archäologie war nie Bodas Stärke gewesen. Ihn interessierten neue und brillante Dinge. Oder knifflige Aufgaben wie mathematische Formeln lösen und ein Kernkraftwerk mit einer Nagelschere und ein paar Strähnen Kunsthaar vor der Kernschmelze bewahren. Etwas in der Art begeisterte ihn und im Moment sehnte er sich nach einer ordentlichen Katastrophe.

Das Elobil fuhr besser als je zuvor. Es zu reparieren war für ihn ein Klacks gewesen. Auch die offene Motorhaube fiel nicht mehr bei jeder Erschütterung herunter. Er musste sich an seine Beule fassen, während er daran dachte.

»Hier Richtung Biderray links abbiegen«, unterbrach der Chef Bodas Gedanken. Dieser berührte daraufhin ein Symbol auf dem Kontrollschirm und wiederholte: »Nächste links abbiegen Richtung Biderray.« Zur Sicherheit ließ er den akustischen Navigator des Elobils aktiviert, so musste er nicht jede Fahranweisung wiederholen.

Sie waren bereits geschlagene fünf Stunden unterwegs, hatten aber erst knapp tausendvierhundert Kilometer zurückgelegt: Durch die Schweiz, die Provence und schließlich durch das französische Baskenland, wo sie sich ihrem Ziel näherten. Natürlich ging es um das Steckenpferd seines Chefs, die Archäologie. »Wir müssen uns wieder auf Ursachenforschung begeben«, hatte er gesagt. »Die Nächste rechts«, sagte er soeben.

Bodas schielte auf das Navi und sah sofort, dass es das Elobil wie gewünscht lotste.

Frankreich ist berühmt für seine Höhlen, in denen vor zwanzigtausend Jahren die ersten Menschen lebten und ihre Spuren hinterließen.

Neben Gebrauchsgegenständen wie einfachen Waffen aus Stein, Töpfen und Nähnadeln aus Knochen und anderen alltäglichen Dingen, findet man dort Malereien an den Wänden. Diese zeigen Tiere, Symbole, Jäger, Hände sowie manch anderes. Sie erzählen uns von einer Zeit, in der es noch keine Schrift und daher keine überlieferten Geschichten gab. Der Chef empfand Ehrfurcht, wenn er vor diesen alten Bildern stand, deren Maler in einer von heute so verschiedenen Epoche gelebt hatten. Eine Welt, die zwanzigtausend Jahre zurücklag.

Bodas erinnerte sich an eine Höhle mit Reihen von Handabdrücken an der Wand. So wie Kinder es noch heute im Kindergarten tun. Nur, dass die Besitzer dieser Hände einer lang erloschenen, uns unbekannten Kultur angehörten. Diese Vorstellung erfüllte Bodas mit Respekt und einer eigentümlichen Verbundenheit zu dieser, auch seiner, Vergangenheit. Es waren ebenso seine Vorfahren, und wer weiß? Möglicherweise gehörte einer der Handabdrücke einem seiner Uropas.

Das Interesse des Chefs ging eher in eine andere Richtung. Er wollte die Geschichten verstehen, die diese uralten Zeichnungen erzählten. Ein in jeder Hinsicht nicht einfaches Unterfangen, denn dort standen keine Wörter, sondern Bilder, die es zu interpretieren galt. Was aber trieb die Maler dieser Zeit an? Viele Dinge nehmen wir heute anders wahr: Der Mond ist aus Stein und kein Gott mehr, ein Blitz eine elektrische Entladung, nicht der Zorn eines höheren Wesens. Manches ist gleich geblieben: Wir bekommen Hunger und sehnen uns nach Nähe. Man musste versuchen, die Schilderungen an den Wänden mit den Augen dieser Seelen zu sehen, um sie verstehen zu können. Obwohl sie unsere Vorfahren sind, wissen wir von den Menschen dieser Zeit fast genauso wenig, wie diese von uns ahnten. Der Chef fühlte, dass sie nicht einfach primitiv gewesen waren. Immer häufiger fanden sich Hinweise darauf, dass es bereits sehr früh bemerkenswerte Kulturen gab. Der heutige Mensch staunt dann darüber, was seine Vorfahren wussten, was sie gekonnt und beherrscht hatten, und was später verloren ging. Warum?

Obwohl der Chef und Bodas für die Raumfahrtbehörde arbeiteten, gehörte es zu ihren Aufgaben, auch auf der Erde die Geschichte der Astronomie zu erforschen. Dabei waren sie in einer Höhle auf etwas Außergewöhnliches gestoßen. Etwas, das auf merkwürdige Weise zu den aktuellen Ereignissen passte. Und noch ein weiteres Artefakt fanden sie dort: Eine Zeichnung, die eine Karte darzustellen schien.

Die Straße führte über steiniges Geländer mit tiefen Schlaglöchern. Sie befanden sich bereits in den Pyrenäen. Soweit sie blicken konnten, säumte karge Vegetation den Boden. Die Farne und dornigen Büsche erinnerten Bodas an die Tundra, die er als Kind mit seinem Vater besucht hatte. Aber dort war es nicht bergig und viel kälter.

»Wo geht es hin?«, fragte er.

»Zu Fundort 7 3 2 fb«, antwortete der Chef, in seine Karten vertieft.

»*Wo geht es hin* nicht in der Datenbank gefunden. Bitte wieder...«, tönte das Navi, unterbrach sich und setzte neu an: »Fundort 7 3 2 fb nicht in der Datenbank gefunden. Bitte wiederholen.« Bodas spürte, wie ihn die entspannte Stimme des Elobils zu nerven begann. Hastig suchte er nach dem Stand-by-Schalter und schickte das Navi in den Schlummermodus. »Was werden wir dort finden?«, erkundigte er sich.

»Die Nächste nach links«, sagte der Chef und Bodas sah sich gezwungen, den Navigator wieder aufzuwecken. »Einen Hinweis auf einen weiteren Landeplatz«, kam endlich die Antwort auf seine Frage.

»*Weiteren Landeplatz* nicht gefunden, bitte wiederholen!«, sagte das Navi. Diesmal schaltete Bodas es ganz aus und übernahm das Steuer.

»Wirklich da links?«, fragte er mit gerunzelter Stirn, als er den abzweigenden Trampelpfad sah. Noch bevor der Chef antworten konnte, riss er das Lenkrad herum, um auf den Steig, der sogleich steil nach oben führte, einzubiegen. Auf beiden Seiten kratzten die dornigen Büsche an der Karosserie des Elobils, was Bodas in der Seele wehtat. Das gibt Kratzer, dachte er. Er schaltete das Vierganggetriebe ein und gab Gas, sodass die Steine hinter dem Fahrzeug gegen die Bäume knallten. Er fuhr die Spikes aus und endlich nahmen sie etwas mehr Fahrt auf.

Mit jaulendem Motor krochen sie den steiler werdenden Pfad hinauf, der sie durch Gestrüpp und Farne führte. Nur vereinzelt gab es wettergegerbte Sträucher, denen sie ausweichen mussten. Schließlich ging der Steig in einen Wildpfad über und verschwand letztendlich ganz.

Bodas nahm seinen Fuß vom Gas und schielte in Erwartung einer neuen Anweisung zum Chef. Die kam jedoch nicht. Weltvergessen studierte der Chef auf seinem Tablet Karten und irgendwelche Schriftstücke und achtete nicht auf den plötzlich verschwundenen Weg.

Bodas hielt das Elobil an. Nach einiger Zeit blickte der Chef von seinen Studienobjekten auf. »Weiter Tinktir!«, sagte er knapp und vertiefte sich erneut in seine Studien.

Bodas seufzte. Er gab ein paar Codes in den Computer ein. Es surrte und klackerte leise, als die Rasenmäherscheren aus der Motorhaube herausfuhren. Ein sanftes Schnurren und Vibrieren erfüllte die Luft. Die Scheren begannen sich zu drehen und schnitten den Weg vor ihnen frei. Das Belüftungssystem des Elobils saugte die gefällten Farne an und spuckte sie rückseitig wieder aus. Im Wagen machte sich ein würziger Duft breit.

Behutsam gab Bodas Gas und sie fraßen sich durch die Wildnis den Berg hinauf. Ein paar Pottoks, so nennt man die Wildpferde in den

Pyrenäen, schreckten auf und ergriffen panisch die Flucht. Etwas Derartiges hatten sie noch nie gesehen und da floh man besser erst und fragte später.

»Stop!«, rief der Chef. »Wir sind da!«

Bodas stieg in die Bremse. Mit einem »Slurp« fuhren die Rasenmäherrotormesser zurück unter die Motorhaube und mit einem »Spftz« verschlossen sich die Belüftungssysteme. Die nun eintretende Stille ließ das Klacken der sich öffnenden Elobiltüren unerwartet laut klingen. Beide stiegen aus. Der Chef streckte seine vom langen Sitzen steif gewordenen Glieder, während Bodas sorgfältig die Umgebung erkundete. Vor ihnen befand sich eine felsige Steilwand, an der ein Wildwechsel entlang führte. Daneben gähnte ein tiefer Abgrund. Er überlegte, ob sie mit den Spikes des Elobils hier durchkommen konnten, und kam zu dem Ergebnis, sich glücklich zu schätzen, es nicht ausprobieren zu müssen. Hinter ihnen standen einige Pottoks und fraßen das zerhäckselte Grünzeugs. Von Zeit zu Zeit sah eines auf und erwiderte Bodas Blick. Sie wunderten sich, was das für merkwürdige Wohltäter waren, die ihnen ein solches Festmahl beschert hatten.

Ziellos rannte der Chef mit seinem Tablet umher. Schließlich klemmte er das Gerät zwischen die Zähne, nahm seinen Hut vom Kopf und kratzte sich mit der anderen Hand an Letzterem. Bodas wünschte sich nichts sehnlicher als einen Kühlschrank, aus dem er eine köstliche kalte Zitronenlimo herausnehmen könnte. Fast hörte er das zischende Geräusch, während er in Gedanken die Flasche öffnete, als ihm auffiel, dass sein High-Tech-Schnürsenkel aus emaillierter Kohlefaser wieder einmal offenstand.

Diese speziellen Schnürbänder hatte sich Bodas extra ausgesucht. Sie glitten wie Butter durch alle Schlaufen der Fußbekleidung. Egal um wie viele es sich handelte und wie lang die Bänder waren. Man musste nie mühselig Öse für Öse nachziehen, bis der Schuh angenehm saß. Ein sanfter Zug beim Binden – und die Senkel saßen stramm. Leider gingen die Schleifen genauso leicht wieder auf, meist von alleine.

Bodas hob seinen Fuß, wobei er sich, um nicht das Gleichgewicht zu verlieren, an der Felswand abstützte.

»Die Koordinaten stimmen, GPS Signal ist vorhanden …«, murmelt der Chef. Er sah sich in alle Richtungen um.

»Welche …«, fragte Bodas, während er sein Gewicht gegen die Felswand verlagerte, die daraufhin nachgab. Er verlor das Gleichgewicht und stürzte Hals über Kopf in das frisch entstandene Loch. Wie viel besser wären doch Klettverschlüsse statt dieser dummen High-Tech-Schnürsenkel, schoss es ihm im freien Fall durch den Denkapparat. Man hörte Steine, die in den Berg hinein nach unten fielen und sich in der Tiefe verliefen. Endlich ein kaum vernehmbares Aufklatschen auf dem Höhlengrund.

Begeistert stürzte der Chef zu dem von Bodas unfreiwillig freigelegten Loch. »Genial Tinktir!«, rief er in die Höhle hinab. »Sie haben sie gefunden!«

Leise hörte man, wie sich in der Tiefe etwas vorsichtig zu bewegen schien. »Au verflixt, mein Kopf!«, hallte von unten ein Fluch. Es klang nach Bodas Stimme.

6 Ereignisfahrer werden beunruhigt

»Muuuuuoooooaaaaaammmmmm.« Das allgegenwärtige Summen dröhnte in Iliyas Ohren als sie versuchte zu verstehen, was Numo da eben über Raum- und Ereignisfahrer gesagt hatte.

»Dieses Geräusch, das nervt!«, entfuhr es ihr. Fast zeitgleich verstummte der Ton. Aus den Augenwinkeln sah sie eine graue Katze mit erhobenem Schwanz ein altmodisches Megafon verlassen. Man kann nicht sagen, dass Iliya, bei allem Erstaunen, enttäuscht gewesen wäre.

»Puppie hat zwei Jahre an der Schnurrakademie auf Feliade studiert«, kommentierte Numo das Geschehen. »Sie hat einen Abschluss Miau-Cuma-Maunz in Ereignisfahrerbegleitungs- beruhigung. Es war nicht leicht, sie an Bord der Gaia 3 zu bekommen.«

Verächtlich blickte Puppie um die Ecke und leckte sich bewusst beiläufig die Vorderpfote.

»Sie ist beleidigt!«, sagte Numo und ergänzte: »Zurecht!«

Die Katze fixierte »dieses ignorante rothaarige Mädchen« mit ihren gelben Augen, Numo saugte geräuschvoll an seinem Strohhalm und Schmengel ließ ein verlegenes Bäuerchen in die Stille verlautbaren.

Unbehaglich rutschte Iliya in ihrem Moossessel hin und her. »Das wollte ich nicht, dich beleidigen.« Ihr tat es ehrlich leid. Sie stand aus ihrem bequemen Sessel auf, ging behutsam zu Puppie und streichelte ihr weiches graues Fell. Eine Weile ließ die Katze sich das eher beiläufig gefallen. Schließlich fauchte sie und stolzierte hoch erhobenen Hauptes und Schwanzes zurück zu dem Megafon-Trichter. Dort hielt sie inne, sah Iliya aus ihren gelben Augen unverwandt an und dann – »Muuuuoooooaaaaammmmmm.«

Weder Numo noch Iliya trauten sich, die miaute Beschaulichkeit zu unterbrechen. Vorsichtig, bemüht unauffällig, rückte Numo mit seinem Ereignisfahrerstuhl zu seiner Kopilotin heran, bis er ihr ins Ohr flüstern konnte: »Puppie ist eine echte Künstlerin, die Beste auf ihrem Gebiet!« Numos Haare kitzelten sie an ihrem Ohr und Iliya kicherte. Geschwind riss sie sich zusammen. Nicht, dass Puppie das Kichern missverstand!

»Was ist denn nun ein Ereignisfahrer?«, fragte sie mit gedämpfter Stimme. Numo schnaufte ihr ins Ohr, zog aber seinen Kopf zurück, als er bemerkte, wie sie dabei zusammenzuckte und kicherte. Prüfend schielte er zu Puppie, die vollkommen in sich selbst versunken in ihren Trichter schnurrte. Er dachte nach.

»Nun, Raumfahrer fahren von einem Ort zum nächsten, um sich ein Ereignis nach dem anderen anzusehen«, führte er endlich aus. Er beugte sich erneut vor. »Aber Ereignisfahrer fahren von Ereignis zu Ereignis, um Orte zu erreichen. Ereignisse können gleichzeitig sein, Orte nicht.« Konzentriert folgte Iliya den Ausführungen und verkniff sich einen Einwand, der ihr in den Sinn kam. Numo führte weiter aus: »Wenn du also von einem Ort, an dem ein Ereignis stattgefunden hat, zu einem anderen Ort reisen möchtest, an dem ebenfalls ein Ereignis stattgefunden hat«, er fuchtelte mit seinen Armen herum, um zu verdeutlichen, was er meinte, »dann musst du nur zwei Ereignisse finden, die an beiden Orten stattgefunden haben. Und zwar zu den Zeiten, an denen du an dem Punkt sein möchtest.« Numo hielt inne. Er hatte den Faden verloren. Iliya dagegen dachte, es sei eine Kunstpause, um die Spannung zu heben. Das machte er nämlich immer so.

»Du reist also nicht von Ort zu Ort, sondern von Ereignis zu Ereignis. Und das mit minimalem Zeitverlust«, kürzte Numo seinen Exkurs endlich ab.

»Und das geht?« Iliya durchbohrte ihr Gegenüber mit einem messerscharfen Blick aus ihren zusammengekniffenen Augen.

»Kannst du es dir vorstellen?«, fragte Numo. Dies konnte Iliya nun schwerlich mit »Nein« beantworten, denn vorstellen konnte sie sich eine Menge. »Tja, ...«, sagte er. »Und man kann sich nichts vorstellen, was es nicht gibt. Also muss es alles, was man sich vorstellen kann, auch geben, oder?«

»Ach so ein Quatsch«, entfuhr es Iliya spontan. Ihr kritischer Blick wich einem herausfordernden Grinsen. Sie runzelte nachdenklich die Stirn, als ihr nicht sofort ein Gegenbeispiel einfiel. Endlich rief sie triumphierend: »Was ist mit Monstern unterm Bett? Die kann ich mir vorstellen!«

»Gab's früher«, brummelte Numo selbstzufrieden. »In diesen Tagen nicht mehr. Zu wenig Platz zum Verstecken unter modernen Schlafstellen.« Iliya gab sich nicht die Mühe, ihm zu widersprechen, denn jetzt kam sie in Fahrt: »Ich kann mir vorstellen, ein Junge zu sein, bin es aber nicht.«

»Du nicht, aber Jungen gibt es.«

»Was ist mit dem Tod? Ich kann mir vorstellen, unsterblich zu sein!«

»Das liegt an der Unendlichkeit der Zeit. Unendlichkeit ist immer länger als alles, was man sich vorstellen kann.«

»Ich weiß aber, dass das nicht stimmt!«, protestierte Iliya und endlich fiel ihr der Fehler in Numos Behauptung auf. »Ja, und Ereignisse gibt es und Reisen gibt es«, frohlockte sie, »aber es gibt keine Reise zwischen Ereignissen. Eine Reise ist immer von einem Ort zum anderen!« Herausfordernd sah sie Numo an. In diesem Moment verstummte das Maunzen und wich einem rhythmischen Quaken.

Sofort war Numo hellwach und eilte zu dem Blumenkontrollpult. Daneben stand ein Podest, dem Iliya bisher keinerlei Beachtung geschenkt hatte. Darin eingelassen befand sich ein Teich, auf dem ein Seerosenblatt schwamm und auf dem Blatt hockte ein Laubfrosch und quakte.

Mit geübtem Blick erfasste Numo die Situation: Eine der Blumen war dabei zu verwelken. Durch einen beiläufigen Klatscher auf den Teich fegte er den Alarmfrosch von dem Seerosenblatt. Das Quaken verstummte.

»Was ist passiert?«, fragte Iliya, die nun ebenfalls am Blumenkontrollpult stand und versuchte, etwas von dem, was sie sah, zu verstehen.

»Ich ... ich weiß es nicht«, sagte Numo. Sein Blick huschte hastig hierhin und dorthin, um das ganze Beet zu erfassen. Er war besorgt. Das Lächeln in seinem Gesicht war verschwunden und seine Augen huschten hektisch hin und her.

Eine weitere Blume begann zu verwelken.

»Da ist irgendetwas, das es nicht geben kann, da draußen«, sagte Numo mit angespannter Stimme. Konzentriert starrte er aus dem Fenster, durch das man das Feuer der Sonne zum Greifen nah sehen konnte.

7 Vierundneunzig

Iliya beugte sich vor, um besser aus dem Monitorfenster blicken zu können. Weit und breit sah sie nichts als lodernde Glut.

»Oha, sind wir nah bei der Sonne!«, entfuhr es ihr ehrfürchtig. Unwillkürlich kam ihr der Gedanke, warum sie nicht alle mit dem Schiff verbrannten.

»Hier war der Drache?«

Numo nickte betreten. »Exakt hier.«

Die dritte Pflanze begann einzugehen.

»Warum verwelken die Blumen? Was bedeutet das?« Numos Besorgnis wirkte zunehmend ansteckend auf Iliya.

»Sie spiegeln den momentanen Zustand der Welt wider«, erläuterte Numo. »Und sie zeigen an, was im Raumschiff passiert, ob es intakt ist, was draußen vor uns ist. Alles, was ein Kontrollpult so macht. Es ist das Wesen der Natur, auf Ereignisse zu reagieren und sie anzuzeigen. Man muss sie nur verstehen können.« Ernst blickte Numo seiner Kopilotin in die Augen. »Dass sie verwelken, ist ihr Ausdruck für Sprachlosigkeit. Da ist etwas, das es nicht geben kann. Die Blumen kommen damit nicht klar und gehen ein. Das ist ...« Er fuchtelte mit seinen Händen durch die Luft, während er nach einem Vergleich suchte. »Das ist ungefähr so, wie wenn ein Computerprogramm abstürzt, weil es Daten bekommt, an die niemand gedacht hat. Oder wie ein Hocker, der für dich gemacht wurde, auf den sich aber ein Elefant setzt. Er ist nicht dafür geschaffen, nicht darauf vorbereitet.«

Eine vierte Blume ließ den Kopf hängen, eine Fünfte verlor ein Blütenblatt.

»Wie? Etwas, das es nicht gibt? Das es nicht geben darf? Du hast doch gerade noch gesagt, alles, was man sich vorstellen kann, existiert!«

Numo seufzte: »Aber nicht alles, was existiert, kann man sich auch vorstellen, fürchte ich!« Verzweifelt blickte er auf seine Blumen und Iliya meinte, eine Träne zu sehen.

»Wir müssen hier weg. Es tut mir leid, Juldre«, flüsterte er.

»Warum?«, protestierte Iliya. »Wir müssen nur herausfinden, was das Problem ist!« Statt zu antworten, griff Numo nach einem gelben Kännchen mit Wasser und ließ viele dünne Wasserstrahlen auf die Blumen regnen.

Neben sich hörte Iliya ein leises Plätschern und sah den Laubfrosch auf das Seerosenblatt klettern.

»Wenn die Blüten etwas anzeigen, woher weißt du dann, was es bedeutet?«, nahm sie das Problem in Angriff.

Numo stellte die Kanne mit Wasser zur Seite. »Die vorderen Blumen stehen für unser Schiff«, erklärte er und machte eine kurze Pause, in der er sich zu fangen schien. »Die hinteren Reihen zeigen an, was draußen vor uns ist. Die äußeren Blumenköpfe drücken in ihrer Neigung aus, worauf sich die Anzeige bezieht.« Erst jetzt fiel Iliya auf, dass die Blüten am Rand in der Tat relativ rasch ihre Kopfneigung änderten. Geschwind genug, um es deutlich sehen zu können, wenn man darauf achtete.

»Die Reihen dazwischen geben durch die Neigung ihrer Köpfe und die Farbe ihrer Blütenblätter eine Beschreibung dessen, was mitzuteilen ist. Das ist ein komplexer Code, vielleicht so wie eure chinesischen Schriftzeichen. Auf die Schnelle ist das schwer zu erklären.«

Numo deutete auf die äußeren Blumen, dann aus dem Fenster. »Hier, in der Verlängerung der Richtung, in die die Blüten zeigen, siehst du, wo das Problem ist und das ist ...« Er seufzte. »Genau dort, wo ich Juldre vermutete.«

Angestrengt sahen beide in das lodernde Feuer der Sonne.

»Ich sehe da nichts«, sagte Iliya.

»Es muss etwas ungeheuer Winziges sein, Strahlung vielleicht oder auch ein einziges Atom«, mutmaßte Numo. »Die Blumen sind außerordentlich empfindlich.«

»Wenn sie es nicht kennen und daran eingehen, dann ist es außergewöhnlich, vermute ich«, warf Iliya ein. Numo nickte stumm, während er angestrengt nachdachte.

»Warte!«, rief er und griff nach einem Kännchen, einem Blauen diesmal. Geschwind glitten seine Augen über das Beet, als suche er etwas. Endlich goss er einen dünnen Strahl Flüssigkeit auf eine gelb blühende Blume. Schlagartig änderte diese ihre Tönung in Rot. Auch die Blumen, die um sie herum standen, reagierten und wandelten ihre Farben. Numo nahm ein weißes Kännchen und begoss damit die richtungweisenden Pflanzen, die daraufhin ihre Knospen vollständig entfalteten, ja regelrecht zu wachsen schienen.

Nun änderten die Blumen ihre Tönungen in bunten, auslaufenden Wellen. Mit einem Mal wechselten sie fast alle zu Schwarz und nur eine Blüte in der Mitte zeigte ein Muster: Jedes Blütenblatt besaß eine andere Farbe.

»Oh!«, entfuhr es Numo. »Ich hatte recht.«

»Womit?«, rief Iliya.

»Es ist ein Metall!« Er sah sie verwirrt an. »Aber eines, das es nicht geben darf. Nicht hier!«

»Warum nicht?«

»Weil es in der Sonne nicht vorkommen sollte. Es entsteht nur, wenn Sterne sterben, und es zerfällt so rasch, dass es im Universum kaum zu finden ist. Die Blumen kannten es nicht, denn sie müssen es nicht kennen.«

»*Was* geht so schnell kaputt, wovon redest du, Numo?« Iliya mochte es überhaupt nicht, wenn sie etwas Wichtiges nicht verstand.

»Weißt du, was Atome sind?«

»Klar, das sind die kleinsten Teile, aus denen alles gemacht ist. Wenn du ein Element, wie zum Beispiel Eisen, nimmst und immer und immer wieder zerteilst, dann bleibt es stets Eisen. Das geht so lange, bis du aus zwei zusammenhängenden Eisenatomen zwei einzelne gemacht hast. Wenn du dann noch mal teilst, dann ist es kein Eisen mehr. Atome sind also die kleinsten Teilchen, die noch die Eigenschaften des Großen besitzen.«

»Oh, sehr gut!«, staunte Numo. »Und weißt du auch, was Radioaktivität ist?«

»Klar!« Iliya winkte verächtlich ab. »Es gibt 93 verschiedene Atome, auch Elemente genannt. Daraus ist alles im Universum aufgebaut. Die 93 unterschiedlichen Atome unterscheiden sich durch die Anzahl ihrer Bausteine. Hat ein Atom im Kern mehr als 92 Bausteine, dann ist es so groß geworden, dass es instabil wird und leicht wieder zerfällt. So wie ein hoher Turm aus Bauklötzen, der einstürzt, wenn er zu hoch wird. Bei 93 Bausteinen geht das schon recht fix. Bei noch mehr geht es so schnell kaputt, dass es verschwindet und in der Natur nicht zu finden ist. Das ›Kaputtgehen‹ ist radioaktiver Zerfall.«

»Fast richtig!«, sagte Numo. Bevor Iliya protestieren konnte, deutete er auf den Monitor. »Da draußen ist ein Element mit 94 Bausteinen, wie du das nennst.« Iliyas Mund – bereits zum Protest geöffnet – klappte zu.

»Plutonium?«, entfuhr es ihr. »Aber das gibt es nur künstlich hergestellt in Atomkraftwerken. Da macht man ...« Ihr blieben die Worte im Halse stecken.

»Auf der Erde? Künstlich hergestellt?«, wiederholte Numo und sah seine Kopilotin entgeistert an. »*Was* macht man daraus?«

»Bomben«, flüsterte Iliya. Und noch leiser: »Atombomben.« In ihr keimte ein Verdacht und dieser verursachte einen dicken, rumorenden Klumpen in ihrem Magen.

»Bomben?«, fragte Numo verständnislos und blätterte wieder einmal in seinem TaLeCoBu. Als er das Wort fand, wich die Farbe aus seinem Gesicht.

»Wofür braucht man so etwas?«, entfuhr es ihm. Er klappte das TaLeCoBu mit einem energischen Knall zu. Erschrocken hüpfte der Laubfrosch zurück in seinen Teich.

Was dort draußen mit Juldre passiert sein musste, lag zwischen Numo und Iliya und keiner wagte, es auszusprechen.

8 Eine verzweifelte Hauptperson

Das Platschen der Tropfen auf den nassen Boden der Höhle war das einzige Geräusch, das er in der letzten Zeit wahrgenommen hatte.

Platsch ...

Ihm war übel. In seinen Gedärmen tobte ein unmäßiges Rumoren und Drängen.

Platsch ...

Wenn er nur einmal ...

Platsch ...

... kurz ...

Platsch ...

... sich übergeben oder ein stilles Örtchen – und zwar schnell – aufsuchen könnte. Aber all dies hatte er schon lange vorher versucht.

Platsch ...

Und noch immer war ihm ...

Platsch ...

Platsch ...

... übel.

Er stöhnte, legte sein Haupt vorsichtig auf seine Vorderpfoten und verfluchte sich für seine Gier. Diese letzte Süßigkeit!

Platsch ...

Und bei dem Gedanken wurde ihm schlecht.

Kein »Platsch«. Er lauschte. Er hätte ...

Platsch ...

... es nicht auffressen sollen.

Irgendwo in der Ferne hörte er Geschöpfe der Dunkelheit ihre Flügel fast geräuschlos ausbreiten und losschwirren.

Nacht, dachte er und schloss seine Augen. Ich muss mich ausruhen.

Platsch.

9 Alte Kunstwerke

Bodas zündete die vierte Wunderkerze an. Die Wandmalereien waren wirklich beeindruckend. Sie lenkten ihn von seinem schmerzenden Kopf ab. Zusammen mit dem Chef stand er in einer der Höhlen in den Pyrenäen in Frankreich. Dank einer geheimnisvollen Karte und seinen Schnürsenkeln hatten sie diese Entdeckung gemacht. An den Wänden sahen sie Höhlenmalereien. Das flackernde Licht erweckte sie regelrecht zum Leben. Es musste zehntausende von Jahren her sein, dass sie ein Mensch betrachtete.

Ungeduldig stapfte Bodas von einem Fuß auf den anderen. Für die feuchte Kälte dieser Höhle war er zu dünn angezogen. Draußen war Sommer, dreißig Grad im Schatten.

»Hm«, brummte der Chef. Er deutete auf einen noch unbeleuchteten Teil der Höhlenmalerei. Bodas folgte dem Fingerzeig mit dem Leuchtstab, fluchte kurz, als dieser ausbrannte und er sich die Finger daran verbrannte, zündete aber geschwind einen Neuen an. Unbeabsichtigt entfuhr es ihm: »Warum haben Sie Wunderkerzen dabei? Warum keine Taschenlampe?«

Der Chef sah ihn erstaunt an. »Eine berechtigte Frage, Tinktir«, murmelte er und wandte sich erneut den Wandmalereien zu. Bodas verbrannte sich abermals die Finger und zündete eine weitere Wunderkerze an. Es verblieb noch ein Stab in dieser Packung und irgendwo hatte er noch eine Zweite hingelegt. Eine Antwort auf seine Frage hatte er nicht erhalten.

»Sehen Sie her«, flüsterte der Chef. Bodas bemühte sich, seine Gedanken wieder mehr auf den aktuellen Ort zu lenken. Was er dort erblickte, wo der Chef hindeutete, versetzte ihn, nun, in Frustration, denn genau genommen fiel ihm an jener Stelle nichts Besonderes auf.

»Ja?«, fragte er.

»Sehen Sie?«, hauchte der Chef, und wenn Fingerzeige begeistert sein können, dann dieser.

Bodas gab sich alle Mühe. Er starrte noch genauer hin, schluckte seinen Schmerz hinunter, als er sich abermals die Finger verbrannte, zündete eine neue Wunderkerze an und versuchte, in dem Licht zu identifizieren, was es denn Außergewöhnliches gab. Als er es endlich erkannte, verschlug es ihm den Atem.

»Oh ...!«, keuchte er und starrte auf die verblichene Gravur im Stein, die im flackernden Schein der Wunderkerze zu Leben erwachte: ein kreisrunder Stern mit Strahlen. Davor eine gewaltige Gestalt, die ihre Flügel spreizte und die Lichtstrahlen zu verschlucken schien.

»Sehen Sie?«, flüsterte der Chef.

»Ja!«

Beide starrten auf die uralte Höhlenzeichnung eines Drachen, der auf die Sonne zuflog.

»Au!«, entfuhr es Bodas und schlagartig umgab sie undurchdringliche Finsternis. Er konnte nicht mehr das Geringste erkennen, vor allem nicht die Packung mit den noch verbliebenen Wunderkerzen. Sie musste auf einem Stein neben ihnen liegen. Das Feuerzeug fand er auch nicht, so sehr er auch seine Taschen durchwühlte. Als er aufgab, verstummte das Rascheln seiner Hände in der Kleidung und Stille begleitete die Dunkelheit. Er hielt die Luft an und wäre vor Schreck beinahe gestorben, als er neben sich eine Stimme hörte: »Haben Sie das Ding an der Seite des Drachen bemerkt?«

Bodas schüttelte nach dem ersten Herzinfarkt den Kopf, was in der Dunkelheit höchstwahrscheinlich niemanden kümmerte.

10 Ein Hinweis

Iliya wusste, dass das Plutonium nur ein weiteres Puzzleteil in diesem Rätsel darstellte und ihr tat Numo, der mit verzweifelter Miene auf sein Blumenpult sah, leid.

Mittlerweile ließen fünf Blumen ihre Blütenblätter hängen, doch er schien gar nicht mehr so daran interessiert, von hier zu verschwinden.

»Alles o.k. Numo?«, fragte sie vorsichtig. Sie deutete auf die Pflanzen. »Die Blumen ...«, versuchte sie eine Frage.

Er winkte ab. »Ach, jetzt wo wir wissen, was es ist, werden sie sich erholen.« Er seufzte. »Kein Grund zur Eile.« Zärtlich fuhr er mit seiner Hand über die verwelkten Blüten, die darauf zu reagieren schienen und eine blasse Farbe zeigten. »Sie lernen schnell.«

Dennoch war etwas nicht in Ordnung, das konnte Iliya deutlich an seinem Gesicht ablesen.

»Was ist? Wollten wir nicht Juldre finden?«, versuchte sie, ihn zu motivieren. Doch Numo reagierte nicht, sondern blickte weiterhin betreten auf seine Blumen. Diese erholten sich so rasch, dass man zusehen konnte, doch auch das munterte ihn nicht auf.

Langsam schüttelte er den Kopf und sah sie aus traurigen Augen an. »Wo?«, fragte er. Sie verstand nicht.

»Ich hatte hier bei der Sonne geglaubt, etwas beobachtet zu haben, von dem ich hoffte, dass es sich um Juldre handelt. Ein Irrtum.«

Iliya verstand noch immer nicht. »Hast du Juldre gesehen oder nicht?«, hakte sie nach.

»Man kann Drachen vor Sternen nicht direkt sehen, dazu sind sie viel zu hell. Aber ...« Numo holte tief Luft. »Man kann erkennen, wenn Drachen Sterne anbeißen, weil ...«

»Anbeißen?«, japste Iliya dazwischen.

»Was dachtest du, was Drachen bei Sternen tun? Drachen ernähren sich von Sternen. Hast du dich nie gefragt, woher das Feuer kommt, das sie speien?«

»Drachen ernähren sich von Sternen?« Sie konnte es nicht fassen. »Juldre wollte unsere Sonne aufessen?« Auf einmal war sie sich nicht mehr so sicher, ob sie wirklich helfen sollte, dieses Wesen wiederzufinden.

»Ach was!« Numo winkte ab. »Das bisschen, was Drachen von Sternen verspeisen, ist harmlos. Stirbt eine Wiese, wenn eine Kuh einen Grashalm isst? Eben! Und die Menge, die Drachen naschen ist ja Millionen Mal geringer. Da bräuchte es schon ...« Er rechnete nach. »Ach, so viele Drachen kann es gar nicht geben. Nicht mal annähernd!«

Iliya war noch immer skeptisch. »Aber die Sonne! Die ist lebenswichtig für alles Leben auf der Erde! Die darf man nicht essen!«

»Dann soll Juldre verhungern? Selbst wenn ein Drache wie er sich sein ganzes Dasein ausschließlich nur von eurem Gestirn ernährte, würde sich die Brenndauer um weniger als eine Sekunde verlängern.« Bevor Iliya etwas einwenden konnte, ergänzte er: »Leichtere Sterne brennen länger, da sie kühler sind.«

»Weiß ich«, winkte Iliya ab, war aber noch nicht überzeugt davon, dass es in Ordnung war, von der Sonne zu naschen.

»Für euch Menschen ist zum Beispiel Wasser überlebenswichtig. Dennoch trinkt ihr es«, warf Numo weiter ein.

»Aber das ist ein Kreislauf!«, unterbrach Iliya. »Die Flüssigkeit kommt wieder aus unserem Körper raus, und zwar alles.«

»Ihr schwitzt, atmet es aus, pinkelt ...«

»Genau! Und ich weiß, was du jetzt sagen willst: Klar ist das Wasser nun ungenießbar, aber die Natur reinigt es, wenn es durch den Boden zurück in das Grundwasser sickert. Und wo das nicht geht, reinigen wir es in Kläranlagen.« Iliya blickte Numo herausfordernd an. Sie hatte doch recht gehabt mit ihren Bedenken wegen der Drachen, da war sie jetzt ganz sicher.

»Was ist mit chemischer Verseuchung des Wassers durch eure Industrie? Mit biologischer Vergiftung durch Überdüngung von Feldern? Mit Verwüstung ganzer Landstriche wegen Wassermissbrauch, zum Beispiel für Erdbeeranbau im Winter?«

»Was hat das denn damit zu tun?«, protestierte Iliya. Sie spürte Wut in sich aufsteigen. Was sollte das? Fieberhaft suchte sie nach Gegenargumenten, aber wie sollte sie die finden, wenn sie nicht einmal wusste, wogegen. Sie verstand ja nicht, worauf Numo hinauswollte.

»Und da ärgerst du dich, wenn ein Drache seinen Hunger stillt und einen winzigen Happen von eurer mehr als genügend großen Sonne nimmt?«

Schweigend standen sich die beiden gegenüber und starrten einander an: Iliya mit zusammengekniffenen Augen und Numo mit gesträubter Stirnbehaarung.

Schließlich war sie es, die einlenkte: »Es tut mir leid. Wahrscheinlich hast du recht«, gab sie zu. »Aber das mit der Umweltverschmutzung ist ein anderes Thema und ein ganz gemeiner Vergleich. Ich bin Umweltschützerin!«

»Ja, mir tut es auch leid, entschuldige bitte, Iliya!« Numo wirkte nun zerknirscht. Der Verlust seines Freundes zerrte an ihm. »Ich habe mich in Rage geredet. Es ist so, Juldre fehlt mir und ... und ... ich habe nun keine Idee mehr, wo ich mit der Suche weitermachen soll.«

Ja, da waren wir stehengeblieben, erinnerte sich Iliya.

»Warum bedeutet Plutonium, dass Juldre nicht hier war?«

»Ganz so ist es nicht. Es ist so, wie ich vorhin bereits angefangen habe: Wenn Plutonium explodiert, wie in eurer Bombe, gibt dies einen heftigen Energieausbruch und den kann man vor einem Stern beobachten. Er sieht ähnlich aus wie die Energie, die ein Drache beim Essen hinterlässt. Es war diese Energiesignatur, nach der ich gesucht und die ich hier gefunden habe. Das Plutonium bedeutet, dass ich statt Juldre eine Atomexplosion sah.«

»Dann musst du einfach nur weitersuchen, oder?«, ermunterte ihn Iliya. Doch sie schien ihr Ziel zu verfehlen, denn Numo wirkte nicht optimistisch.

»Nein, so leicht ist es nicht. Ich habe ja bereits alles abgesucht. Erfolglos.«

»Aber wenn so eine Bombenexplosion genauso, ähm, aussieht wie ein speisender Drache, dann musst du das doch ständig verwechseln, oder? Da muss es vermutlich noch einen anderen Weg geben, den Drachen zu finden?«

Numo lächelte schwach. »Iliya, weißt du, wie viele Atombomben hier in der Milchstraße zu finden sind?«

»Bestimmt eine ganze Menge!«

»Nun, nicht mehr als auf deinem Heimatplaneten«, seufzte er, »denn die Erde ist der einzige Planet in der gesamten Galaxie, auf dem es solche Bomben gibt. Du siehst, niemand ist auf die Idee gekommen, dass so eine Explosion jemals irrtümlich für einen Drachen gehalten werden könnte. Ich meine, wie oft explodieren Atombomben vor einem Stern?«

»Oh«, machte Iliya und nun war auch sie mit ihren Ideen am Ende. Damit Numo ihr ratloses Gesicht nicht bemerkte, blickte sie betont nachdenklich aus dem Fenster. Eine Weile starrte sie so vor sich hin.

War da nicht etwas?

Sie kniff ihre Augen zusammen, um schärfer sehen zu können.

Doch, da war ein Ding, das dort nicht hinpasste.

»Da!«, rief Iliya und deutete aus dem Fenster. Numo starrte, ihrem ausgestreckten Zeigefinger folgend, in das Feuer der Sonne. Auch er kniff seine Augen zusammen, dann nieste er heftig, schnäuzte sich die Nase, sagte »entschuldige« und blickte angestrengt dorthin, wo Iliyas Finger hinzeigte. Er sah nichts.

»Was ist das?«, murmelte sie. Unauffällig gab Numo seinen Blumen Zeichen und der Ausschnitt im Fenster vergrößerte sich. Doch ein Bildschirm, dachte Iliya bei sich.

»Meinst du das da?« Auf gut Glück deutete er auf den Teil des Bildes, der soeben herangezoomt worden war.

»Ja genau!«, ereiferte sich Iliya und zeigte euphorisch mit ihrem Finger dorthin, wo Numo nach wie vor nichts Besonderes sah.

»Da?«, fragte er und holte den Ausschnitt, auf den sie gezeigt hatte, noch näher heran.

»Da!«, bestätigte sie.

Er starrte konzentriert in das Feuer der Sonne. Flammen züngelten unaufhörlich: Gelbe, orangefarbene und rote, dazwischen dunkle Flecken, dort, wo es kälter flammte. Alles befand sich in Bewegung. Wie in einem Ameisenhaufen, dessen Bewohner mit Fackeln umherlaufen. Links oben glitzerte etwas, das nicht an dem allgemeinen Gewimmel der Flammen teilnahm. Iliyas Finger deutete genau darauf.

Numo stutzte und blickte konzentriert aus dem Fenster. Seine Hände glitten sanft über die Blumenköpfe, vollführten Tänze, die nur er und die Blumen verstanden. Der Ausschnitt vergrößerte sich in dem Teil des Bildes, in dem es ungewöhnlich schimmerte.

»Eine Drachenschuppe«, hauchte Numo und blickte mit aufkeimender Hoffnung auf das Flimmern. »Juldre war tatsächlich hier.« Seine Finger huschten flink und geübt über das Blumenpult. Iliya sah, wie sich eine Art Liane in Richtung ihres Fundes zu bewegen begann.

»Was …?«, setzte sie an, doch Numo schüttelte den Kopf. Er musste sich konzentrieren.

Iliya blickte durch das Fenster auf die flimmernde Schuppe und auf die Liane, die langsam darauf zutrieb. Ohne hinzusehen, fasste Numo neben sich, ergriff rote, gelbe, blaue und graue Wasserkännchen unterschiedlicher Form und bewegte deren Wasserstrahlen über das Blumenpult. Seinen Blick richtete er konzentriert auf die Tentakel und die Drachenschuppe. Er hielt inne.

Die Liane kroch auf ihr Ziel zu. Kroch? Iliya war sich nicht so sicher. Der Bildschirm vergrößerte alles. Weit Entferntes wirkte dadurch näher, Distanzen kürzer und Geschwindigkeiten langsamer.

Auf Numos ansonsten sehr entspanntem Gesicht zeigten sich Schweißperlen.

Es war mucksmäuschenstill, während die Liane sich gemächlich um die Drachenschuppe schlang. Iliya hielt den Atem an und erschrak heftig, als ihr etwas in den Nacken atmete. Sie zuckte zur Seite und sah Schmengel, der hinter ihr stand und sie versehentlich angepustet hatte. Kurz erwiderten seine zu ihr schielenden Augen ihren Blick. Dann schielten sie noch ein wenig mehr, an ihr vorbei, zu Puppie, die ebenfalls ihren Arbeitsplatz verlassen hatte. Iliya bestätigte auch in diese Richtung den einvernehmlichen Blick. Die studierte Katze leckte sich verächtlich die Pfoten, um von ihrer Anteilnahme abzulenken. Als Iliya und Schmengel erneut nach vorne zur Liane und der Drachenschuppe blickten, traute sich auch Puppie, gebannt dem Geschehen zuzusehen.

»Hab sie!«, jubelte Numo und holte die Tentakel behutsam zurück zum Ereignisschiff.

11 Fragen

Von einem glasklaren blauen Himmel strahlte die Sonne auf Bodas und den Chef hinunter. Damit es im Elobil nicht zu heiß wurde, hatte Bodas das Gefährt im Schatten unter einem der wenigen Bäume, die es auf diesem Berg gab, geparkt. Alle Türen standen offen, um für Durchzug zu sorgen.

Er saß auf der Kante des geöffneten Kofferraums, neben sich den Verbandskoffer, der zu jedem Auto gehört. Er suchte ein paar Verbände heraus, um sich den schmerzenden Kopf zu verarzten. Die Finger seiner linken Hand, mit denen er die Wunderkerzen gehalten hatte, waren bereits ausreichend mit Pflastern versorgt. Die Mullbinden aus der Plastikverpackung zu befreien wurde dadurch zum Abenteuer, und dass er wegen der Hitze schwitzte, machte es nicht einfacher. Die Geier, die in einigen Hundert Metern Abstand am Himmel ihre Kreise um ihn zogen, veranlassten Bodas etwas zur Eile. Mich bekommt ihr nicht, ging es ihm durch den Kopf, wobei er sich ein klein wenig albern vorkam.

An die Fahrertür gelehnt stand der Chef, eine Sonnenbrille vor den Augen und ein Bluetooth-Headset im Ohr. In der Hand hielt er sein Tablet, mit welchem er gleichzeitig telefonieren und arbeiten konnte.

Das Telefon war auf »laut« geschaltet, sodass Bodas mithörte, während er sich um seine Verletzungen kümmerte. Er fragte sich, wozu sein Chef ein Bluetooth-Headset im Ohr benötigte, wenn doch der Lautsprecher alles deutlich wiedergab.

»Haben Sie Kontakt aufgenommen?«

Das Gespräch fand in französischer Sprache statt, wurde jedoch durch den Übersetzungsmodus des Tablets übersetzt.

»Nein!«, verlautbarte der Chef.

Schweigen. Dann ein Seufzen durch das Telefon.

»Wir haben es verpasst.«

»Verpasst?« Die andere Stimme klang nicht angenehm, soweit dies für eine französische Sprachmelodie überhaupt möglich ist.

»Ja.«

Pause.

»Wir hatten technische Probleme. Das Elobil. Wir, nun, wir sind nicht besonders schnell vorangekommen. Dann war es weg.«

Pause.

»Was?«

»Das Raumschiff.«

»Es war weg?!«

Der Chef war, zumindest für Bodas deutlich sichtbar, genervt. »Ja!«

Schweigen.

»Merde!« Dann Stille.

An der Übersetzung des Wortes vor der Stille scheiterte der Computer und gab einige Male ein klickendes Geräusch von sich, bevor er wieder einsetzte.

»Der Meteorit ...«, begann die Stimme im Telefon.

»Wir sind gar nicht mehr so sicher, dass es ein Meteorit war«, unterbrach der Chef. »Tinktir hat das Elobil repariert und wir sind zurück nach Siresa, um neue Anhaltspunkte zu finden.«

»Natürlich war das ein Meteorit!« Die Stimme am Telefon duldete keinen Widerspruch.

»Ein Meteorit, der erst fliegt, dann stehenbleibt?«

»Darüber haben wir schon diskutiert.« Keine Widerrede, bedeutete der Tonfall. »Das war ein Messfehler, verursacht durch Sonneninterferenzen.«

»Und dann fliegt er auf einmal weiter?«, sagte der Chef mehr zu sich selbst.

»Da ist die Bombe bereits detoniert!« Keine Widerrede!

»Er hat kurz vorher seine Richtung geändert, und zwar auf die Bombe zu.« Die Stimme des Chefs war noch leiser geworden.

»Nur der Bombe ist es zu verdanken, dass der Meteorit nicht auf der Erde eingeschlagen ist und eine neue Eiszeit verursacht hat.«

Der Chef sah ein, dass diese Diskussion keinen Sinn hatte, also wechselte er das Thema. »Wir waren in der Höhle. Tinktir hat sie gefunden.« Er wartete, ob die Person am anderen Ende ihm noch zuhörte. Dies schien der Fall zu sein und so fuhr er fort: »Auch hier haben wir erneut Malereien gefunden. Diese Zeichnungen haben wir uns angesehen.«

»Und?«

»Es ist die Sonne abgebildet, ganz deutlich. Eine Kugel mit Strichen, die von ihr weg gehen. Sonnenstrahlen! Und da ist etwas, das ein Raumschiff sein könnte.«

»Ein Raumschiff!« Die Stimme klang spöttisch.

»Ja, ein Raumschiff, und es fliegt auf etwas zu, das sich zwischen ihm und der Sonne befindet.«

»Und das ist?«

»Ein Drache«, sagte der Chef.

»Ein Drache?«, hustete die andere Stimme aus. Anscheinend hatte sich ihr Besitzer verschluckt.

Der Präsident von Frankreich musste heftig husten. Sein Pressesprecher, der neben ihm saß, drückte geschwind auf einen Knopf der Telefonanlage, um den Apparat auf »stumm« zu stellen. So konnte am anderen Ende der Leitung niemand hören, wie das Staatsoberhaupt keuchend und hustend nach Luft rang.

»Was für ein …« Der Präsident musste erneut husten. »Trottel!«

»Herr Präsident!«

»Was bildet sich der Kerl ein? Verpatzt alles und kommt dann mit blödsinnigen Ausreden. Ein Drache …« Der Staatschef nahm einen Schluck aus einem Glas mit Wasser, hustete abermals und spuckte einen Teil des Inhaltes über den Tisch.

Unangenehm berührt stand der Pressesprecher zögernd auf. Er hob seine Hand, um dem Präsidenten auf den Rücken zu klopfen. Jedoch konnte er sich nicht recht entscheiden, ob er das Oberhaupt des Staates einfach so schlagen durfte, wenn auch auf den Buckel und zur Hilfe.

»Dieser …« Abermals griff der Präsident nach seinem Wasserglas und sah dabei seinen Außenminister vorwurfsvoll an. »Wohin wollen Sie gehen?«, zeterte er, als der Pressesprecher aufstand.

»Ich …«, begann der Pressesprecher.

»Setzen!«, diktierte der Präsident.

»Hallo?«, kam die blecherne Stimme des Chefs aus der Telefonanlage.

Nun griff auch der Außenminister nach seinem Glas und hätte einen Schluck daraus genommen, vergaß in seiner Erschütterung über die ungeheuerlichen Vorgänge jedoch, seinen Mund vorher aufzumachen. So lief das Wasser sein Kinn hinunter auf seinen schwarzen Anzug.

»Herr Präsident!«, intervenierte der Verteidigungsminister. Intervenieren bedeutet »eingreifen«, aber in der Politik fremdwörtelt man ganz gerne. Das lenkt vom eigentlich Gesagten, was ja möglicherweise unwichtig oder gar falsch sein könnte, ab.

»Es war absolut richtig, die Bombe zu schicken!«

Der Außenminister wischte sich mit einer Serviette den Mund ab und tupfte sein Hemd trocken.

»Hallo? Hallo? Sind Sie noch dran?«, ertönte die Stimme des Chefs.

Nachdenklich blickte der Chef auf die Abbildung der Höhlenmalerei auf seinem Tablet. Es war kein besonders gutes Bild. Dazu war es in der Höhle viel zu dunkel gewesen. Er fragte sich, ob er das Foto dennoch an den Präsidenten schicken sollte. Dessen Experten würden vermutlich behaupten, dass es sich bei den Zeichnungen, die Tinktir und er mit eigenen Augen gesehen hatten, schlicht um Bildstörungen handelte. Die Fotografie war einfach zu dunkel und verwackelt.

Noch immer schien die Leitung wie tot und der Chef überlegte, aufzulegen.

Vermutlich haben sie stumm geschaltet und diskutieren jetzt im Moment darüber, was sie mit mir machen sollen, dachte der Chef. Klapsmühle oder Sicherheitsverwahrung.

»Hallo? Hallo? Sind Sie noch dran?«, fragte er, nur zur Sicherheit, bereits das dritte Mal.

Bodas stellte zwischenzeitlich seinen Kopfverband fertig, der ihm eine gewisse Ähnlichkeit mit einem Araber samt Turban verlieh. Einem Araber mit einem reichlich missglückten Turban.

»Schick!«, kommentierte der Chef und legte endlich auf. Bodas lächelte verächtlich.

»Wir sollten ...- Moment, was ist das?« Der Chef war plötzlich ganz aufgeregt, als auf seinem Tablet das Bild einer Signallampe rot zu blinken begann. Er berührte das Icon mit dem Finger. Auf dem Bildschirm erschien eine Abbildung des Sonnensystems. Die Erde mit Mond, die Venus, die Sonne und dazwischen ein rot blinkender Punkt.

Neugierig schielte Bodas über die Schulter des Chefs hinweg auf das Tablet.

»Sie kommen zurück«, kommentierte er das, was er dort sah.

Der Chef tippte auf dem Bildschirm herum. Eine weiße Linie erschien neben dem rot blinkenden Punkt und lief auf die Erde zu. Er vergrößerte den Ausschnitt, an dem die Linie auf der Erde auftraf, so weit, dass er den Auftreffpunkt genau erkennen konnte.

»Sie kommen zurück!«, bestätigte er. »Schnell, Bodas, ins Elobil und Vollgas!«

Beide sprangen, so rasch es ging, in den Wagen und knallten die Türen zu.

»Wohin geht es?«, fragte Bodas mit schmerzverzerrtem Gesicht. Mit seiner rechten Hand öffnete er nochmals umständlich die Tür, um seine linke Hand, die er in der Eile in der Tür eingeklemmt hatte, zu befreien.

Der Chef steckte das Tablet in sein Jackett, deutete nach hinten und rief: »Zurück nach München! Sie landen scheinbar abermals an der gleichen Stelle!«

12 Ein Meteorit ist eingeschlagen

Das »blaue Zimmer« gehörte zu den Lieblingszimmern des französischen Präsidenten.

Es handelte sich nicht um ein offizielles Empfangszimmer. Daher eignete es sich ideal als Rückzugsmöglichkeit, um mit sich und seinen Gedanken, soweit vorhanden, alleine zu sein.

Der Präsident hatte seine eleganten schwarzen Schuhe ausgezogen, sich in die samtenen Bezüge und Kissen des blauen, altmodisch geschwungenen Sofas gelümmelt und wollte sich soeben einen Orangensaft einschenken, als es verhalten an der Tür klopfte. Vor Schreck verschüttete er beinahe den Saft auf das antike Beistelltischchen.

Er stellte die Karaffe mit frisch gepresstem Getränk zurück auf den Tisch und blickte verärgert auf die Tür.

Es klopfte erneut. Diesmal ein wenig unzweideutiger. Wer immer da draußen stand, hatte nicht vor, unverrichteter Dinge wieder zu gehen.

Der Präsident schnaubte, sah auf seine Uhr und kratzte sich kurz an der Nase. Dann fauchte er ein genervtes »Ja?« in Richtung Tür und setzte sich ordentlich auf das Sofa.

Als die Tür aufging, bemerkte er, dass er seine Schuhe nicht anhatte, was er geschwind nachholte, während der Außenminister zögernd hereinkam.

»Herr Präsident?«

»Herr Außenminister!«, echauffierte sich der Präsident. Normale Menschen regen sich auf, Staatsoberhäupter echauffieren sich. Das ist zwar dasselbe, klingt aber besser.

Der Außenminister schloss die Tür hinter sich und blieb stehen.

Der Präsident nippte an seinem Saft, während der Besucher sich verlegen im Zimmer umsah. Tiefblaue Seidentapete, an den Fenstern hellblaue Vorhänge. Ein blaues Sofa, zwei Stühle aus Teakholz mit blauem Sitzbezug sowie ein Beistelltisch mit orangefarbenem Orangensaft darauf. Der Präsident trug einen eleganten schwarzen Anzug mit weißem Hemd und gelber Krawatte. Von der Decke hing ein messingfarbener Kronleuchter, in dem elektrisches Licht versuchte, ein wenig wie Kerzenlicht zu wirken.

Der Außenminister ließ seine Augen zurück zum Präsidenten schweifen und bemerkte erst jetzt, dass dieser ihn scharf ansah.

Er räusperte sich. Warum bin ich eigentlich nervös, dachte er und streckte sich unauffällig, sodass er, wie er hoffte, gerade und stolz dastand.

Der Präsident machte eine Geste zu einem der Stühle. Er setzte sich.

Ich muss etwas sagen, ging es dem Außenminister durch den Kopf.

»Das Telefonat«, begann er und verlor sogleich den Faden. »Das war schon etwas überraschend«, beeilte er sich, den Satz zu Ende zu bringen.

Der Präsident hob eine Augenbraue und fragte sich, was ihn geritten hatte, diesen Versager zum Minister zu ernennen.

»Der Drache«, stotterte der Außenminister. »Ich meine, es war absolut richtig, den Meteoriten mit der Bombe abzuschießen. Ich meine, genau dazu haben wir doch den Abwehrschild! Um ...« Er fuchtelte mit seinen Armen umher, während er überlegte. »Der Einschlag eines Meteoriten dieser Größe könnte Millionen, was sage ich, Billiarden von Menschen das Leben kosten! Er könnte ...« Wieder fächerte er, um Zeit zu gewinnen, mit allen verfügbaren Extremitäten. »Eine ... riesen ... Katastrophe auslösen!«

»Ja?« Das Staatsoberhaupt nippte an seinem Orangensaft.

Der Außenminister hielt inne und sah seinen Präsidenten direkt an. Ich muss es sagen, entschied er.

»Sehen Sie, die Bombe hat ihr Ziel erreicht, die genauen Koordinaten, und sie ist …« Erneut musste er husten. Das glaubt er mir nie! »Sie ist …« Räuspern. »Verschwunden!«

»Sie ist explodiert. Sie hat ihren Bestimmungsort erreicht, ist detoniert und hat das Ziel vernichtet!«, widersprach der Präsident mit fester Stimme. Der Verteidigungsminister hatte ihm diesen Erfolg glaubhaft versichert.

»Ja und nein«, druckste der Außenminister herum.

»Ja und nein? Ja oder nein! Was soll das?«

»Ja, nun, die Bombe ist verschwunden, ja. Und auch der Meteorit hat seine Flugbahn geändert, nur …«

»Was nur?«

»Nun ja, es war schon korrekt, was der Chef der GESA berichtet hatte …«

»Was?«

»Der, ähm, Meteorit, hatte sich zuvor, also bevor die Bombe ihn erreichte, eine kurze Zeit lang nicht bewegt.«

Der Präsident sah seinen Minister mit strengem Blick, bewegungslos, da nun doch gespannt, an.

»Danach hat er sich bewegt.«

»Also haben wir die Erde gerettet!«, triumphierte der Landesvater.

Der Außenminister schüttelte langsam den Kopf. Ich weiß nicht, was wir erreicht haben, dachte er bei sich und sagte: »Der Meteorit ist danach in Richtung Erde geflogen.« Er stieß die angehaltene Luft aus seinen Lungen. »Über Italien haben wir ihn vom Radar verloren. Das war vor knapp zwei Tagen.«

13 Was macht ein Drache auf der Erde?

Iliya drehte die Drachenschuppe in ihrer Hand und betrachtete das dunkelgrüne, glitzernde Ding von allen Seiten. Trotz ihrer beachtliche Größe – wie eines von Iliyas T-Shirts und etwa so dick wie einer ihrer Finger – wog sie nicht mehr als eine Tafel Schokolade.

Sie waren mit dem Raumschiff zurückgekehrt. Dieses Mal hatte Iliya genau beobachtet, wie Numo das Schiff manövrierte. Er nahm ihre Bereitschaft von ihm zu lernen mit einem gewissen Stolz zur Kenntnis, tat jedoch so, als ob er es nicht bemerkte.

Nun saß Numo ihr gegenüber auf einem Sitzsack und sah sich im Zimmer seiner Gastgeberin um. Das Bett aus verschnörkeltem, schwarzem Eisen mit einer Unmenge von Kissen, Decken und Plüschtieren darin lud zum Hineinkuscheln ein. Ein zierlicher Schreibtisch, ein sogenannter Sekretär, aus dunklem Kirschholz stand am Fenster. Darauf lagen ihre Schulsachen verstreut. Dazwischen das Mikroskop. Ordnung war wohl nicht ihr Hauptinteresse.

An den Wänden hingen Poster von Pferden, ein »Periodensystem der Elemente« und das, nicht nur auf der Erde bekannte, Poster von Albert Einstein, auf dem er dem Fotografen die Zunge herausstreckt. Numo erinnerte sich dunkel daran, dieses Bild schon mal auf seinem Heimatplaneten Barug gesehen zu haben. Daneben hing eine Fotografie von Gandhi. Es gab sogar einen eigenen Balkon. Die Außenwand davor bestand aus Glas, sodass das Zimmer viel Licht bekam. Es bot sich ein wunderschöner Blick auf den Innenhof mit einem ausladenden Mirabellenbaum. Ein paar Zweige des Baumes streckten sich Iliyas Fenster entgegen. Die lecker aussehenden Früchte waren fast reif und in Reichweite.

Numo fühlte sich hier sofort wohl, obwohl er sich gewöhnlich nur mit Widerwillen in einer derart naturfernen Umgebung wie den menschlichen Behausungen aufhielt.

Gedankenverloren kraulte er Puppie, die sich dies nur zu gerne gefallen ließ. Sie liebte es, sich in Numos samtenes Fell zu kuscheln und so war sie mitgekommen, während Schmengel das Raumschiff einer gründlichen Reinigung unterzog.

»Möchtest du eine Limo?«, fragte Iliya und legte die Schuppe zur Seite. Numo nickte erfreut. Die Gastgeberin huschte aus ihrem Zimmer in die Küche.

»Orange oder Zitrone?«

»Zitrone!«, sagte er und ließ sich das Wort in Vorfreude auf der Zunge zergehen. Genüsslich räkelte er sich auf seinem Sitzsack, der ein gedämpftes Rascheln von sich gab.

Iliya kam mit zwei Gläsern prickelnder, kalter Flüssigkeit samt Eiswürfeln sowie einer Schüssel zurück. Die Schüssel stellte sie vor Puppie auf den Boden, sodass sie sehen konnte, dass Milch darin war.

»Für dich Puppie!«, sagte sie mit Blick auf das Gefäß, drückte zugleich Numo das Glas Zitronenlimo in die Hand und setzte sich auf ihr Bett neben die Drachenschuppe. Etwas irritiert betrachtete Numo die glasklare Flüssigkeit mit den aufsteigenden Sprudelblasen, die sich an den oben schwimmenden Eiswürfeln absetzten.

»Kalt!«, stellte er fest. Er nahm einen Schluck, während Iliya ihm erfolglos zuprostete und ebenfalls trank.

Es gelang ihm nur mit größter Anstrengung, seine Enttäuschung zu verbergen. Abwaschwasser mit winzigen Pfeilen, die den Gaumen attackieren, dachte er und sagte: »Sehr gut, danke«, während er das Glas weit von sich weg platzierte.

»Nicht zu fassen, wie leicht sie ist!« Iliya hielt die Schuppe in ihrer linken Hand, wedelte damit herum und stellte sich vor, wie der dazugehörende Drache durch den Weltraum flog. »Was wollte Juldre eigentlich hier?«, fragte sie.

Numo hatte schon länger befürchtet, dass diese Frage kommen könnte und versucht, sich darauf vorzubereiten. Er gab Puppie einen sanften Klaps, sodass diese von seinem Schoß nach unten sprang und sich beleidigt in eine Ecke verzog.

»So genau weiß ich das auch nicht«, sagte er beiläufig und hoffte, dass sich das Oberhaupt des Planeten Erde damit zufriedengäbe.

Iliya blickte ihn nachdenklich an. »Juldre und du. Seid ihr Freunde? Du hast gesagt, Juldre sei dir zugeordnet, oder? Was meintest du damit? Zugeordnet? Er ist nicht dein Haustier, oder?«

»Haustier?« Numo lachte verächtlich, was er jedoch sogleich bedauerte. Er kannte dieses Wort und auch das Verhältnis der Spezies Mensch zu Tieren. Eiligst setzte er nach: »Nein, auf Barug gibt es keine Haustiere. Puppie ist auch kein Haustier. Sie ist ein Besatzungsmitglied.«

Iliya und Numo blickten beide zu der Katze, die verächtlich ihr Fell putzte.

»Und ebenso Schmengel und Captain Grün.«

»Captain Grün?«

»Der Alarmfrosch«, erläuterte Numo und fuhr fort: »Nein, Juldre ist mein Kopilot und wie alle anderen Besatzungsmitglieder mein Freund, möglicherweise ganz besonders mein Freund.« Numo sah kurz zu Puppie, »entschuldige Puppie«, dann wieder zu Iliya. »Wir sind zusammen aufgewachsen. Na ja, das ist ja auch naheliegend, wir haben schließlich die gleiche Mutter.«

Iliya verschluckte sich an ihrer Limo und musste fürchterlich husten. »Ihr ... habt ... die gleiche ... MUTTER?«

Irritiert blickte Numo die sich vor Husten windende Iliya an. Er betrachtete die Eiswürfel, die aus ihrem Glas auf das Bett und von dort auf den Boden flutschten. »Ja?!«, sagte er, um irgendetwas zu sagen.

»Ihr habt die GLEICHE Mutter?«, wiederholte Iliya, als sie sich halbwegs beruhigt hatte. Dann setzte sie nach: »Entschuldige, ich habe mich verschluckt.«

»Hast du keine Geschwister?«, fragte Numo.

»Eine Schwester«, sagte Iliya. »Aber die ist 7 Jahre älter als ich.«

»Juldre ist mein jüngerer Drache, 300 Jahre jünger als ich«, erklärte Numo, nicht eben zu Iliyas größerem Verständnis.

Drache, 300 Jahre, Geschwister, Raumschiffe, warum nicht, dachte sie bei sich.

»Ihr seid also Geschwister«, wiederholte sie. Das Glas Limo hatte sie verkehrt herum auf ihrem Bein abgestellt. Aber das spielte keine Rolle, denn den Inhalt hatte sie bereits bei ihrem Hustenanfall vollständig verschüttet.

»Ja!«, nahm Numo den Faden auf. »Er ist eben noch recht jung und das ist ein Problem. Er hält sich nicht immer an die Regeln.« Numo überlegte und kam zu dem Schluss, dass er anders anfangen musste. »Jeder Ereignisfahrer braucht einen Kopiloten. Dieser ist dafür verantwortlich herauszufinden, wohin wir fliegen. Aber auch, wo wir unsere Vorräte auffrischen oder Ersatzteile an Bord nehmen können. Solche Dinge eben. Ich steuere das Schiff, Juldre findet den Weg. Allerdings hielt er sich nicht immer an die Vereinbarungen.«

»Was denn für Vereinbarungen?«, hakte Iliya nach. Sie bemerkte, dass Numo diese Frage gar nicht recht zu sein schien.

»Na ja ...«, druckste dieser herum. »Manche Sternensysteme dürfen wir nicht ... mehr ... anfliegen.«

»Die Erde?«, fragte Iliya, die sofort verstand, was er meinte. »Aber warum?«

Numo hatte mit dieser Frage gerechnet. Er hoffte, dass Iliya den Vergleich, den er sich ausgedacht hatte, verstehen würde. »Das ist wie mit einem Kuchen«, begann er. »Als Erstes brauchst du alle Zutaten. Die müssen natürlich zunächst entstehen. Also die Eier, das Mehl, die Milch, der Zucker. Das ist die Evolution. Da dürfen wir zusehen. Auch wenn die Zutaten verrührt werden, dürfen wir zusehen.« Das Wort »zusehen« betonte er besonders. »Auch wenn der Kuchen in die Form gegossen wird und in den Ofen gestellt wird. Also auch da dürfen wir zusehen. Aber wenn die Ofenklappe zu ist ...« Numo blickte Iliya bedeutungsvoll an. »Dann, nun, dann muss man den Kuchen ganz vorsichtig behandeln, nur nicht erschüttern, sonst kann er nicht aufgehen. Am besten, man verlässt die Küche.« Hoffnungsvoll sah er die mehr als etwas irritiert zurückblickende Iliya an. »Verstehst du?«

»Ich bin ein Kuchen?«

»Ja, nein, nicht du«, stotterte Numo. »Die Menschheit befindet sich gerade im, na ja, im Ofen. Als Kuchen. O.k.?«

»Und wenn er fertig ist, kommst du und isst alles auf«, provozierte Iliya. »Mit deinem Drachenbruder.«

»WAS?«, entfuhr es Numo entsetzt. Auf diese Betrachtung war er gar nicht gekommen. Dabei hatte er sich so viel Mühe mit seinem Vergleich gegeben!

»Ein Witz«, lenkte Iliya ein. Numo brauchte dennoch etwas Zeit, um sich zu fangen.

»Wir waren früher oft auf der Erde«, sagte er endlich. »Besonders die Dinosaurier verstanden sich mit den Drachen sehr gut. Aber dann kamen die Säugetiere und mit ihnen die Affen und letztendlich ihr.« Numo deutete mit einer Hand auf Iliya. Mit seiner anderen griff er nach der Limo und nahm einen vollen Zug, wobei es ihm diesmal nicht gelang, sein Gesicht nicht vor Ekel zu verzerren und den Schluck ins Glas zurück zu spucken. »Ihr habt recht früh damit angefangen, euch von allen anderen Lebewesen auf eurem Planeten abzugrenzen«, führte Numo weiter aus. Er wischte sich die Reste der Limo vom Mund. »Und da wurde uns klar, dass ihr anfangen werdet, euch auch von uns zu distanzieren. Das erlebten wir nicht zum ersten und nicht zum letzten Mal und wir wussten, dass es falsch wäre, in dieser Phase eurer Entwicklung dabei zu sein. Das muss jeder für sich selbst durchleben. Also wurde die Erde, euer Sonnensystem, zur Tabuzone erklärt und durfte nicht mehr angeflogen werden.«

»Bis wann?«

Numo zuckte mit den Schultern. »Das entscheide nicht ich. Aber Juldre sah es nicht ein. Er ist neugierig. Und so flog er hierher, bekam Hunger, naschte ein Stück von eurer Sonne, und nun ist er weg.«

»Bis auf eine Schuppe und die Spur einer nuklearen Bombe«, ergänzte Iliya nachdenklich.

14 Kein Raumschiff

Missmutig, die Hände in die Hüften gestemmt, stapfte der Chef erst nach links in Richtung Wald, blieb unvermittelt stehen, sah sich um, starrte in den Himmel und ging zurück zu Bodas. Dieser stand an das Elobil gelehnt und putzte sich mit seinem Stilett, einem Messer mit langer, schmaler Klinge, die Fingernägel. Im Umgang mit einer solch gefährlichen Waffe kannte er sich seit früher Kindheit aus.

Der Chef griff in die Innentasche seines Jacketts und holte das Tablet heraus. Nachdenklich blickte er auf das Display, dann sah er sich erneut um.

»Laut der Daten ist es gelandet!«, sagte er aufgebracht. »Und zwar genau hier!« Sein Finger zeigte auf den kleinen Hügel, neben dem er stand, und bohrte ein Loch in die Luft.

Bodas zuckte mit den Schultern und steckte das Stilett zurück in die Jackettinnentasche. »Ich sehe nichts«, murmelte er mehr zu sich selbst. Er ging ein paar Schritte, um einen besseren Überblick über die Grünfläche, auf der das Raumschiff gelandet sein sollte, zu bekommen: Eine farbenfrohe, sommerliche Wiese, auf der die verschiedensten Blumen blühten. Grillen zirpten, begleitet von dem Summen der Bienen, nur gelegentlich von einem herzhaften Fluch des Chefs unterbrochen.

»Hier!«, wiederholte der Chef und deutete erneut auf den Hügel am Rande der Wiese. »Genau hier, sagen die Daten, ist das Raumschiff gelandet.«

»Auf dem Hügel?«, hakte Bodas nach.

»Auf dem Hügel!«, bestätigte der Chef.

»Das ist doch Quatsch«, meinte Bodas und blickte umher. »Hier ist so viel Platz auf der Wiese. Warum sollte ein gewaltiger Flugkörper, wie das UFO, ausgerechnet auf der einzigen Bodenerhebung weit und breit landen? Wie soll da so ein Kasten überhaupt drauf passen?« Ratlos standen beide bei dem Hügel und betrachteten abwechselnd ihn und die Wiese.

Zwischen dem Zirpen der Grillen und dem Summen der Bienen meinte Bodas, ab und zu das Quaken eines Laubfrosches zu vernehmen.

»Ist hier ein Teich?«, fragte er, erwartete aber keine Antwort. Er ging um den Erdhügel herum und sah nach. Alles trocken, nicht Mal eine Pfütze. Dabei hätte er schwören können, dass das Quaken vom Hügel kam. Jedoch: Frösche lebten doch immer in der Nähe von Wasser und diese Wiese war ausgesprochen trocken. Regen ließ schon mehr als eine Woche auf sich warten.

»Wir machen Schluss für heute!«, beschloss der Chef, steckte sein Tablet weg und ging zurück zum Elobil. Es war bereits neun Uhr abends vorbei. Wenn der Sommer kam und es so lange hell blieb, vergaß er die Zeit.

»Kommen Sie, Tinktir?«, fragte er, während er sich noch einmal umdrehte und nach seinem Kollegen sah.

15 Kuscheltiere

Mittelalterliche Flöten- und Lautentöne kamen sanft aus dem Abspielgerät und sorgten für eine wohlige, leicht melancholische Stimmung. Auch Numo lauschte angetan der Musik.

»Wie sollen wir deinen Bruder finden?« Iliya kam das schwieriger vor als die Suche nach der Nadel im Heuhaufen.

»Im Grunde ist das nicht so schwer«, meinte Numo. »Wir können einander fühlen und so aufspüren.«

»Dann weißt du ja, wo er ist!« Fast empfand sie Enttäuschung, als sich ihr alles so einfach darstellte.

»In diesem Fall ja eben nicht.«

»Ja was jetzt?«

»Juldre muss wohl wissen, dass er großen Mist gebaut hat. Er hat ein schlechtes Gewissen und sich versteckt. Vor mir und in jeder Hinsicht. Ich kann ihn kaum noch spüren.« Numos Stimme wurde verhaltener. »Ich hoffe nur, dass ihm nichts zugestoßen ist. So lange hat er das noch nie gemacht.«

»Dann müssen wir also nur warten?« Iliya verstand noch immer nicht, wo das Problem liegen sollte.

»Ich fürchte nein, so einfach ist es doch nicht.« Numo schüttelte den Kopf. »Damit wir uns fühlen können, müssen wir in etwa wissen, wo der Andere ist. Das ist wie ...« Numo überlegte, welches Bild Iliya verstehen konnte. »Wenn du eine Spur siehst. Je älter sie ist, desto schwerer wird es, ihr zu folgen.« Er hielt inne und sah Iliya bedeutungsvoll an. Dann fuhr er fort: »Und ich fürchte, Juldre hat sich etwas zu lange versteckt. Es wird für uns immer schwieriger einander zu finden. Du erinnerst dich doch noch, wie unsicher ich mich fühlte, ob

Juldre bei der Sonne gewesen war? Ja, und das ist in der Tat merkwürdig«, murmelte Numo nachdenklich. »Die Spur ist bei der Sonne zu Ende.« Er hielt inne. »Wenn er also nicht in der Nähe ist, dann weiß ich auch nicht!«

»Gerade sagtest du noch, es sei nicht schwierig, Juldre zu finden!« Iliya verstand es immer weniger.

»Ach, ja. Sollte Juldre hier sein, ist es nicht allzu schwierig. Er wird sich verstecken und als Drache wird er sich dafür einen dunklen und heißen Ort suchen, einen Vulkan vermutlich!«

Das leuchtete Iliya einerseits ein, doch andererseits: Gab es nicht auch andere Planeten mit Vulkanen? Möglicherweise sogar mit viel mehr als hier auf der Erde? »Aber warum auf der Erde und nicht zum Beispiel ...« Sie erinnerte sich an ihr Astronomiebuch. »Zum Beispiel auf der Venus? Dort ist es bereits auf der Oberfläche glühend heiß! Oder warum nicht gleich auf der Sonne?«

»Nein, nein, die Sonne ist selbst für Drachen auf Dauer zu heiß. Das würde ihm nicht bekommen.«

»Und die Venus?«

»Juldre ist extra wegen der Erde hierhergekommen«, erklärte Numo. »Warum sollte er dann zur Venus? Nein, ich denke, er ist hier, in einem Vulkan.« Seine Hand lag zur Bestätigung flach auf Iliyas Zimmerboden.

»Gut«, sagte Iliya, stand auf, griff zielstrebig nach ihrem »Lexikon des allgemeinen Wissens« und fing an, darin zu blättern. Zuvor knipste sie noch das Licht in ihrem Zimmer an, denn es begann bereits, dunkel zu werden.

»Oh je!«, entfuhr es ihr. »Es gibt über tausendfünfhundert aktive Vulkane auf der Erde!«

Numo stöhnte auf. »Sogar mit meinem Raumschiff brauchen wir fast zwei Jahre, um alle abzusuchen.«

»Zwei Jahre?«, rief Iliya entsetzt.

Im selben Moment hielt sie die Luft an und bedeutete Numo, still zu sein. Sie hatte ein Geräusch gehört!

Da! Die Wohnungstür ging auf und schloss sich. Hastig blickte Iliya auf ihren Wecker. Halb zehn! Schlafenszeit!

»Das ist mein Papa«, flüsterte Iliya.

Als Papa wenig später in ihr Zimmer spähte, lag seine Tochter schon friedlich schlafend in ihrem Bett, ein Kuscheltier im Arm.

Vorsichtig huschte er hinein und drückte ihr einen Gutenachtkuss auf die Wange. »Schlaf gut mein Schatz«, flüsterte er, während er ihr über den Kopf strich. Dann schlich er, um die Schlafende nicht zu wecken, hinaus. Als er gerade die Türe schließen wollte, drehte er sich noch einmal um. Hatte sich der Riesen-Plüschteddy in der Ecke nicht bewegt?

Woher hat Iliya so einen riesigen Teddy?, schoss es Papa durch den Kopf und, neugierig geworden, kehrte er um. Man könnte fast meinen, der Teddy sieht einen ängstlich an, wunderte er sich, während er auf ihn zuging.

Da klingelte das Telefon.

Papa eilte aus dem Zimmer und machte die Tür, bevor das Telefon das zweite Mal klingelte, rasch hinter sich zu.

Das erleichterte Schnaufen, mit dem Numo die angehaltene Luft ausstieß, hörte er nicht mehr.

16 Ein Traum und ein Plan

Eigentlich hatten Iliya und Numo vorgehabt, später noch den Plan für den nächsten Tag zu besprechen. Als sie sich aber in ihre Bettdecke kuschelte und von ihrem Vater einen Gutenachtkuss auf die Wange gedrückt bekam, war sie schon eingeschlafen.

Das Klingeln des Telefons hörte sie nicht mehr und auch nicht den erleichterten Seufzer von Numo. Stattdessen sah sie sich selbst auf ihrem Fahrrad einen Berg hinunterrasen, wie verrückt klingelnd, als ihr ein Hase in den Weg sprang und mit einem Elefanten Walzer tanzte. Mitten auf der Fahrbahn und mitten in Iliyas Weg.

Als sie versuchte auszuweichen, ploppte das Ventil mit einem leisen Klick, der wie eine sich schließende Tür klang, aus dem Schlauch des Reifens. Mit einem fast seufzenden Zischen entwich die Luft aus dem Fahrrad. Wie aus Wolle fiel es daraufhin in sich zusammen und nahm Iliya sanft auf sich auf, in einem weichen, warmen Schleier, mit dem sie in die Dunkelheit hinein entschwand.

In dieser Nacht hatte Iliya noch einige sehr lebhafte Träume.

Sie flog auf ihrer Wolke durch den Weltraum, am Mond vorbei und an der Venus, in deren glühend heißer Atmosphäre gewaltige Adler mit brennenden Schwanzfedern herumflogen und laut jammerten.

Sie erreichte die Sonne, aber hier war es überhaupt nicht warm. Als Iliya ihre Hand ausstreckte, bemerkte sie, dass die Sonne in Wirklichkeit eine große Zitrone war. Der Hase kam auf seinem Elefanten an Iliyas Wolke vorbei galoppiert und jubelte »Lecker!«, während er einen Strohhalm in die Zitrone steckte und einen tiefen Schluck nahm. Da hörte Iliya ein Flattern. Sie spürte einen riesenhaften Schatten, der ihr eine Gänsehaut des Grauens über den Rücken jagte. Hinter ihr, das wusste sie, war eine ebenso grauenhafte wie gewaltige Gestalt. Doch sie konnte sich nicht umdrehen.

»Flap!«, hörte sie in ihrem Rücken mächtige Flügel schlagen.

»Flap!« Aber sie konnte sich noch immer nicht rühren. Und der Hase saugte genüsslich weiter an seinem Strohhalm.

Als sie in ihrer Verzweiflung um Hilfe rufen wollte, kam kein Ton aus ihrem Mund, nur Raumschiffe, lauter kleine Raumschiffe. Aber nicht solche, wie Numo eines flog, sondern solche, wie sie Iliya aus den Zeitungen kannte: Raumschiffe, von Menschen gebaut. Und diese flogen in einem Bogen um ihren Rücken und das »Flap« und der gewaltige Schatten verschwanden.

In diesem Moment wusste Iliya, was morgen zu tun war.

Zur gleichen Zeit saß Numo etwas betreten in der Ecke, in die Iliya ihn hastig geschickt hatte, als ihr Papa nach Hause kam. Er hatte erst vorgestern geschlafen und war noch überhaupt nicht müde!

Ein bisschen neidisch betrachtete er seine friedlich schlafende Freundin und fragte sich, ob es die Wahrheit gewesen war, als sie sich als Anführerin der Erde ausgegeben hatte. Das wäre schon ein merkwürdiges Glück gewesen, gleich beim ersten Versuch richtig zu landen! Doch wirkliches Glück war es, das ihn zu Iliya geführt hatte. Das wusste er.

Aufmerksam betrachtete er sie und fragte sich, was sie wohl gerade träumte, denn ein gewinnendes Lächeln umspielte ihre Lippen. Dann seufzte sie, murmelte etwas, was Numo nicht verstehen konnte, und drehte sich zur Wand um.

17 Frühstück im Büro

Der Honig tropfte von der Vollkornsemmel auf seinen Arm, während er auf seinem Tablet Zeitung las.

Katastrophen, nichts als Katastrophen! Wer hat da mit der Presse geredet, kam es dem Chef in den Sinn und die Namen seiner Kollegen schossen ihm durch den Kopf, derweil der Honig seine Hand hinunter in den Ärmel seines ungebügelten weißen Anzughemdes lief.

Als er versuchte, einen Schluck Kaffee aus der Tasse auf seinem Büroschreibtisch zu nehmen, verhedderte er sich mit seinen Gliedmaßen. Schließlich entschloss er sich, die Honigsemmel zwischen seinen Zähnen festzuhalten und nahm, mit seiner nun freien linken Hand, die Tasse auf, das Tablet noch immer in der Rechten.

Kurz stutzte er, als er realisierte, dass es nicht so einfach war, mit einer Semmel im Mund Kaffee zu trinken. Der Honig tropfte auf seinen Schreibtisch und auf verschiedene Dokumente, die dort lagen.

Der Chef stellte die Tasse zurück, legte das Tablet auf seinen Schreibtisch, nahm einen Bissen von der Honigsemmel und legte den Rest der Semmel auf die Papiertüte, aus der sie stammte. Dann lehnte er sich, nachdenklich kauend, in seinem Bürostuhl zurück und schmierte sich den restlichen Honig von den Händen in die Haare, als er sich durch seine Frisur fuhr.

Ein Meteorit.

Ein nuklearer Sprengkopf, um den Meteor davon abzuhalten, auf die Erde zu stürzen und eine neue Eiszeit mit Millionen von Toten auszulösen!

Danach ein Raumschiff.

Ein außerirdisches Raumschiff! Ein UFO! Ein »Unbekanntes fliegendes Objekt«! Sie hatten es in Empfang nehmen wollen, doch dann flog es einfach wieder weg.

Kein Zufall!

Das kann kein Zufall sein!

Der Chef griff erneut nach der Kaffeetasse und nahm diesmal erfolgreich einen tiefen Schluck, bevor er sie zurückstellte und sich fragte, warum seine Hände so klebten.

Dann kam das Raumschiff zurück, aber wir haben es nicht gesehen. Es ist nicht gelandet. Es war ein Irrtum, überlegte er weiter. Und wie konnte das sein?

Missmutig betrachtete er die klebrige Masse, die den Ärmel seines weißen Anzughemdes entlanglief.

Und wo kommt der Honig her? UFH? »Unbekannt fließender Honig«?

Seiner ersten Intuition folgend wollte er den Ärmel an seinem Anzug abwischen, jedoch wurde ihm noch schnell genug bewusst, dass dies keine gute Idee wäre. Also stand er auf, ging zu dem Waschbecken in seinem Büro und hielt den Ärmel unter fließendes Wasser.

Und dann die Berichte von Meteoriteneinschlägen! In Spanien und Italien waren ganze Landstriche, so groß wie Bayern, evakuiert worden. Die Menschen waren in Panik, hatten Angst um ihr Leben, ihre Existenz.

Der Vesuv rauchte und die Experten warnten vor Erdbeben, vor Vulkanausbrüchen, vor Lavafluten, welche komplette Länder in eine kochende, brodelnde Suppe verwandeln konnten.

Panikmacher!

Der Chef warf einen Blick auf die astronomische Karte, die vor ihm auf die Wand projiziert wurde.

Dort konnte er alles sehen, was die Satelliten der Erde aktuell an Informationen sammelten.

Zwar gab es viele Satelliten, welche die Erde umkreisten, jedoch gab es noch wesentlich mehr Informationen zu sammeln.

So beeindruckend die Auskünfte auf der Wand aussahen, der Chef wusste, dass sie mehr Rätsel als Lösungen enthielten. Da erschien es fast einfacher anhand der Zimmertemperatur eine schwere Krankheit bei seiner Tochter zu diagnostizieren.

Seine Tochter.

Kurz gönnte sich der Chef den Luxus eines schlechten Gewissens, denn es gab nichts in dieser Welt, das er mehr liebte als seine Tochter. Dennoch war er hier, nicht bei ihr. Irgendwann würde sie es verstehen. Oder er würde es verstehen, später einmal. Doch das bereitete ihm Angst.

Er blickte erneut auf die astronomische Karte.

Da waren Muster.

Es machte Sinn!

Dessen war sich der Chef nun sicher.

Nur wie passte das alles zusammen?

18 Der Plan nimmt Gestalt an

»Einen Kakao?«, rief Iliya aus der Küche in den Rest der Wohnung, bekam jedoch keine Antwort.

Die Schoko-Packung in der Hand, schielte sie um die Kochstube herum in das Esszimmer und sah Numo, wie er versuchte, mit der Orchidee von ihrem Papa ein philosophisches Gespräch zu führen.

»Kakao?«, rief sie nochmals, diesmal etwas lauter.

Numo drehte sich langsam um, nickte und wandte sich erneut seinem Gesprächspartner zu.

Iliya bezweifelte, dass er ihre Frage verstanden hatte. Aber, wie sagte ihr Papa immer: Erst Gehirn einschalten, dann sprechen. Ihm würde das Getränk schon schmecken.

Was Puppie betraf war dies keine Frage. Ihr verächtlicher Blick auf den Kakao verdeutlichte mehr als nötig. So stellte Iliya ihr eine Schüssel mit warmer Milch hin.

»Ich glaube nicht, dass die Orchidee am Frühstückstisch sitzen muss«, sagte Iliya mit vollem Mund und kam sich gleich ein bisschen blöd vor. Sie redete schon genauso wie Papa.

»Oh!«, meinte Numo und stellte den Topf zurück auf das Fensterbrett. Dann setzte er sich wieder an seinen Platz und betrachtete unverwandt die Dinge, die Iliya vor ihm angerichtet hatte: eine Tasse mit Kakao, einen Frühstücksteller mit einer Sesamsemmel darauf, ein weich gekochtes Ei in einem Eierbecher, der wie ein Huhn aussah, ein Messer und einen kleinen Löffel.

Numo nahm das Essgerät und kratzte sich damit genussvoll den Rücken.

»Hast du keinen Hunger?«, mummelte Iliya mit vollem Mund und deutete mit ihrem Löffel, an dem noch Reste des Eis klebten, auf Numos Semmel. Dieser fühlte sich ertappt und legte seinen Löffel zurück. Irritiert musterte er die Dinge vor sich.

»Nein«, meinte er schließlich, als ihm keine andere Antwort einfiel. »Nicht im Moment …«

Iliya nahm einen Schluck aus ihrer Tasse. »Ich hatte heute Nacht eine Idee!«, sagte sie und sah Numo erwartungsvoll an. Dieser knetete das weich gekochte Ei mit seinen Händen. Dann betrachtete er den gelb-glibberigen Matsch. Neugierig blickte er zu Iliya.

»Du bist ein Raumfahrer, oder?«

»Ereignisfahrer«, korrigierte Numo vorsichtig. Er wollte sie nicht unterbrechen.

»Wir haben auch Raumfahrer, nicht nur ihr! Wir haben Raumfahrer auf der Erde!«

Numo hörte auf, das Eigelb auf seinem Kopf zu verteilen und blickte nun aufmerksam zu Iliya.

»Hier ganz in der Nähe ist das Raumfahrtzentrum der ESA! Die machen nichts anderes als den Weltraum zu beobachten!«, triumphierte sie. »Wenn Juldre tatsächlich bei unserer Sonne war, dann müssen die das doch gesehen haben!«

Numos Augen leuchteten begeistert auf. Er begann zu verstehen, worauf sie hinaus wollte.

»Wir fahren dorthin und fragen sie!«, ereiferte sich Iliya und Numo schlug hingerissen mit seiner vom Ei verschmierten Faust auf die Sesamvollkornsemmel, sodass sich der Teller, auf dem sie lag, in alle vier Himmelsrichtungen verabschiedete.

»Entschuldige bitte!«, murmelte er.

19 Auf zu den Experten

Darüber, wie sie zur Juropien Späis Äitschensi, so heißt die ESA ausgesprochen, fahren sollten, musste sich Iliya nur kurz mit Numo streiten. Sie meinte, dass sie mit öffentlichen Verkehrsmitteln weniger als eine Stunde dorthin benötigen würden. Er argumentierte, dass eine Reise zur Sonne, was doch eine bedeutend längere Strecke darstellte, mit der Gaia 3 nur fünfundvierzig Minuten dauerte. Dennoch gelang es ihr, Numo davon zu überzeugen, dass Raumschiffe, wenn man sie auf einem bewachten Gelände landet, auch getarnt nicht unbedingt unauffällig sind.

So standen sie, nach einem kurzen Fußmarsch von der Bushaltestelle, an der Pforte zur ESA und versuchten, den Pförtner davon zu überzeugen sie herein zu lassen.

Numo trug ein ausgemustertes Geheimagenten-Kostüm aus dem Film »Black Men«, welches Iliyas Vater letztes Jahr zu Karneval angehabt hatte. In seiner rechten Hand hielt er das zur Ausrüstung gehörende Blitzdingsda. Auf der Nase befand sich eine, vermutlich einst moderne, Sonnenbrille. Den Rest seines teddybärbehaarten Körpers bedeckten der schwarze Anzug sowie ein unpassender Strohhut.

Iliya trug hochhackige Schuhe, die sie älter als ihre acht Jahre erscheinen ließen. Außerdem eine, bei ihren roten Haaren eher unnötige, knallrote Perücke. Dazu eine weinrot umränderte, dunkle Sonnenbrille und ein tief ausgeschnittenes, viel zu großes schwarzes Minikleid, das an ihr wie an einem Kleiderbügel hing. Der letzte modische Schrei, hatte Iliya gedacht, als sie sich im Spiegel betrachtete. Jeder Außenstehende hätte beim Anblick der beiden unzweifelhaft darauf getippt, dass Iliya die Außerirdische war und Numo der brave Agent, der sie eingefangen hatte. Und so passten die Zwei letztlich prima zusammen.

»Sie wollen ...« Der Pförtner blickte auf den Zettel, den Iliya ihm zuschob, und rückte seine Lesebrille zurecht. »Erdbeermarmelade liefern?« Ernsthaft überzeugt schien er nicht zu sein.

Numos schwarze Sonnenbrille beschlug von innen, da er vor Nervosität stark schwitzte, aber Iliya wusste genau, was sie wollte. Sie hatte extra daran gedacht, ein Glas Marmelade mitzunehmen und wedelte dem Pförtner mit der Tasche, in der sich dieses befand, vor der Nase herum.

»Biologische, genmanipulationsfrei angebaute Erdbeermarmelade, bestäubt von fleißigen Biobienen für Labor dreiundzwanzig«, sagte sie mit eingeübter Stimme.

Der Pförtner nickte, während er irgendetwas in seinen Computer eingab. Vermutlich wusste er selbst nicht, was er da eintippte, sondern wollte nur nicht hilflos erscheinen und etwas Zeit gewinnen.

Numo zückte ein Taschentuch aus den Tiefen seines Anzuges und tupfte damit die Schweißtropfen, die von seiner wirklich coolen Brille tropften, ab.

»Erdbeermarmelade, dreiundzwanzig«, bestätigte der Pförtner, während die Schranke aufging. »Gebäude dreiundzwanzig, Stockwerk minus vier, Gang zwei«, erläuterte er, als Numo und Iliya durch die nun offene Pforte stolperten.

Sie konnte es nicht fassen. Sie befanden sich in dem geheimen und abgeschotteten Bereich der ESA. Einem der Zentren der europäischen Raumfahrt!

»Was ist eigentlich ›Europäische Raumfahrt‹?«, fragte Numo, während sie über das Gelände gingen.

»Raumfahrt?«, fragte Iliya, die nicht verstand, was Numo meinte.

»Raumfahrt ist klar, aber warum europäische?«

Iliyas Mund stand bereits offen, da fiel ihr auf, dass sie die Antwort nicht wusste. Zum Glück spielte dies keine Rolle für die Suche nach Juldre.

»Das ist das Raumfahrtzentrum hier, in Europa, also an dieser Stelle.« Iliya deutete mit ihrem Finger auf den Boden vor ihnen. »Und da können wir wegen Raumfahrtproblemen nachfragen«, erklärte sie. »Europa spielt dabei keine Rolle.«

Numo betrachtete die gewaltigen, hausgroßen Satellitenschüsseln auf den Dächern der Bürogebäude und nickte. Für ihn wirkten die Antennen wie Tischtennisschläger: Große Geräte, um kleine Tennisbälle hin und her zu schlagen und Informationen zu sammeln. So geht's auch, dachte er bei sich, während er ein Rosenblütenblatt von der Wegbepflanzung pflückte und in seinen Mund schob.

»ESA HAUPTQUARTIER« konnte man in gelber Schrift auf einem sonst grauen Schild am Wegrand lesen. Ein Pfeil zeigte auf das Gebäude rechts von ihnen.

Auf einem Schild daneben stand in roter Schrift auf weißem Hintergrund: »Streng geheim.« Und: »Eintritt nur für Befugte und Berechtigte.«

»Da lang!«, bestimmte Iliya und deutete auf das weiße Schild mit roter Schrift.

»Aber«, meinte Numo und wies seinerseits auf den Aufdruck. »Nur für Befugte und Berechtigte«, las er vor.

Iliya grinste. Damit hatte sie gerechnet und nach dem Frühstück etwas vorbereitet. Sie griff in ihre Tasche und zog zwei in Plastik eingeschweißte Schilder hervor, die sie Numo und sich selbst an die Brust heftete. Darauf stand geschrieben: »Der Inhaber dieses Ausweises ist befugt und berechtigt.«

»Hm!«, bestätigte Numo, als er seine Karte las. Er beugte sich zu ihr hinunter und raunte ihr ins Ohr: »Und, wo hast du die denn her?«

Sie grinste ihn an und triumphierte: »Selber gemacht! Mit einem Computer, einem Drucker und einem Laminiergerät. Ein Kinderspiel!«

20 Bodas erlebt eine Überraschung

Eine Woche voller Aufregung und unerwarteter Ereignisse lag hinter ihnen. Und nicht einer der vielversprechenden Anfänge nahm einen zufriedenstellenden Ausgang. Nur lauter offene Enden.

Bodas war alles andere als gnädig gestimmt. Mit dumpfem Kopfweh hielt er vor dem Büro des Chefs Wache. Unter dem provisorischen Verband auf seinem Kopf juckte es, während er darauf aufpasste, dass niemand seinen Vorgesetzten bei der Arbeit unterbrach.

Er kannte das einfache Leben und so störte er sich nicht daran, dass sein »Büro« aus nicht mehr bestand als einem Tisch mit Stuhl und Laptop vor der Bürotür seines Chefs.

Obwohl Bodas sich derzeit mit einem astronomischen Problem beschäftigte, gab es keine Sternenkarten, bunte Bilder oder wenigstens Grafiken auf dem Monitor zu sehen. Lediglich Zahlenreihen und merkwürdige Abkürzungen wie HD93993. Als Mathematiker benötigte er nicht mehr als seine Zahlen, um zu verstehen, was da im Weltraum vor sich ging. Die Ortsangaben und Katalognamen der Sterne und Planeten genügten ihm, um sich daraus ein Bild vom Universum machen zu können.

Als Mitglied des kleinen Kreises der GESA, der »Geheimen europäischen Space Agency« – die sich auf dem Gelände der ESA befand – hatte er Zugang zu Informationen, von denen sonst niemand erfuhr.

Bodas liebte Geheimnisse, vor allem wenn sie mit Zahlen zu enträtseln waren. Dies bereitete mitunter zwar Schwierigkeiten, aber der Chef, ein Meister im Lösen der nicht-mathematischen Mysterien, ergänzte ihn perfekt.

Im Übrigen war der Chef ein Pazifist und konnte nicht einmal einer

Mücke etwas zuleide tun. Darüber hatten die beiden auch als Team zusammengefunden: Auf einer Mission im Kongo, bei der Erforschung der Malariamücke. Aber dies war eine ganz andere Geschichte.

Bodas hing seinen Gedanken nach, als seine Sinne Alarm schlugen. Eine herausgeputzte, auffällig kleine rothaarige Frau stöckelte den Flur entlang, zielstrebig auf ihn zu.

Journalistin oder Spionin, ging es ihm durch den Kopf, als die Person auf ihren hochhackigen Schuhen umknickte, einen Fluch nur halbherzig unterdrückte und entschlossen weiterhumpelte. An ihrer Seite stapfte ein bulliger, reichlich behaarter Kerl, der wie ein Sicherheitsbeamter aussah. Er trug einen schwarzen Anzug und hatte eine Waffe oder irgendetwas in der Art in seiner Hand. Bodas konnte es nicht so genau erkennen, fragte sich aber, warum jemand in einem notdürftig beleuchteten Flur eine Sonnenbrille benötigte, von der obendrein Wasser tropfte. Eine Röntgenbrille mit integrierter Sonnenbrillen-Scheibenwischanlage, schlussfolgerte er und fragte sich, weshalb er so etwas nicht besaß. Beiläufig drückte er einen Knopf, woraufhin ein roter Laserstrahl den Bereich zwischen ihm und der Tür zum Chef bedrohlich erleuchtete. Das war zwar nichts weiter als Show, aber es wirkte ungemein abschreckend.

Die beiden Neuankömmlinge blieben beeindruckt stehen, betrachteten nachdenklich die Barriere und kamen zu dem Ergebnis, dass sie gefährlich sein musste.

Die Frau wandte sich an Bodas.

»Bitte«, sagte Iliya. »Wir müssen da durch!« Misstrauisch beäugte sie den Kerl, der ihnen den Weg versperrte. Offensichtlich ein Araber. Jedenfalls trug er neben einem schwarzen Anzug, der ähnlich wie Numos aussah, auch einen Turban auf dem Kopf. Einen bemerkenswert erbärmlich Aussehenden, passend zu der schlechten Laune des Trägers.

Mit einer geübten, fließenden Bewegung griff Bodas in die Innentasche seines Jacketts und zog sein Messer, das Stilett, hervor. Elegant ließ er es mit seiner linken Hand einmal durch die Luft wirbeln, um es mit seiner rechten aufzufangen. Dabei fixierte er die Eindringlinge und grinste gemein. Das hatte er wochenlang vor seinem Badezimmerspiegel geübt und hoffte seitdem, diese Geste auch eines Tages beruflich einsetzen zu können. Bodas fühlte sich gut, als er bemerkte, wie viel Eindruck er schindete.

Numo packte Iliya fest an der Schulter und flüsterte:

»Komm, wir müssen gehen.« Er war keine Gewalt gewöhnt und das gemeingefährliche Messer in der Hand dieses unangenehm dreinblickenden Mannes machte ihm Angst. Sein Darm fühlte sich nicht gut an und gerade jetzt wäre er gerne auf die Toilette gegangen.

»Nein!«, sagte Iliya mit fester Stimme. »Wir müssen da rein!«

»Müsst ihr …?!« Bodas Stimme klang leise und gefährlich, genau so, wie er es geübt hatte.

»Iliya! Komm!« Numos Griff wurde fester.

Bodas betrachtete nachdenklich das Stilett in seiner Hand, so als überlegte er, was er als Nächstes damit machen sollte. Dann zeigte er in einer raschen Bewegung mit der Spitze des Messers auf die beiden. Das war zu viel für Numo und fast geräuschlos entfuhr ihm ein heftiger Pups. Wenigstens war nun das Gefühl, aufs Klo zu müssen, weg und er entspannte sich ein wenig.

»Wenn ihr meinen Namen erratet, dann, nun, dann lasse ich euch möglicherweise durch«, grinste Bodas und freute sich über seinen gemeinen Einfall, der ihm etwas Abwechslung von der Wissenschaft verschaffte.

»Boah! Das stinkt hier!«, entfuhr es Iliya, als Numos Entfahrenes ihre Nase erreichte. Empört sah sie Numo an.

Bodas Gesicht entglitten alle Züge. Sprachlos starrte er Iliya an. In seiner Verwirrung steckte er das Stilett in seine Hosentasche, schlitzte diese dabei auf und kratzte sich mit der nun freien Hand am Kopf. »Wie hast du das erraten? Kennen wir uns?«, keuchte er und seine Stimme klang nun überhaupt nicht mehr gefährlich, vielmehr fast freundlich.

Erst jetzt bemerkte Iliya die Verwirrung des Mannes und fragte sich, was sie verpasst hatte. Sie hatte ja Numo angesprochen und ihn die ganze Zeit böse angesehen. Beinahe verplapperte sie sich und wollte schon fragen, was es denn war, das sie erraten hatte. Gerade noch rechtzeitig kam ihr in den Sinn, dass dies doch egal sei.

»Dürfen wir jetzt durch?«, fragte Iliya mehr rhetorisch, denn eigentlich handelte es sich um eine Forderung. Sie packte Numos Hand und zog ihn forsch zur Tür. Dabei sah sie den Mann, der »Boah das stinkt hier« oder so ähnlich hieß, herausfordernd in die Augen.

Bodas wusste nicht so recht, was er davon halten sollte. Eilends überlegte er, was jetzt zu tun sei, aber die merkwürdig gekleidete Dame hatte gewonnen. Sollte sich doch sein Chef um die beiden kümmern.

Widerwillig schaltete er den Laser aus, öffnete die Tür und ließ sie hindurch.

21 Der Chef hat noch einen anderen Titel

Missmutig sah Papa von seinem Arbeitsplatz auf, als Bodas mit Iliya und irgendeinem enorm behaarten Kerl in schwarzem Anzug und tropfender Sonnenbrille sein Büro betrat.

»Liebes!«, empörte er sich. »Musst du nicht in der Schule sein? Ich arbeite hier!« Er wirbelte willkürlich ein paar der leeren Blätter Papier vor sich auf dem Schreibtisch durcheinander und hoffte, dass diese Geste Eindruck schinden würde. Mit erschöpftem Blick betrachtete er seine Tochter und fragte sich, seit wann sie hochhackige Schuhe, Perücke und Nagellack trug. Verlegen nahm Numo endlich die Sonnenbrille ab und bohrte zur Anwechslung im Ohr, während Iliya ausnahmsweise die Worte fehlten.

»Es sind Pfingstferien«, unterbrach ausgerechnet Bodas die kurze Stille. Er fühlte sich verantwortlich für den Ärger des Chefs und wollte etwas zur Verteidigung sagen. Danach hüstelte er und machte Anstalten, das Zimmer zu verlassen. Bevor er die Tür hinter sich schloss, zischte er Iliya noch zu: »Sag doch gleich, dass du die Tochter vom Chef bist!« Aber das hatte sie ja selbst nicht gewusst.

Der Chef, also Papa, kratzte sich am Kopf, blickte von seiner Tochter zu seinem Laptop, zu Numo, und zurück zu Iliya, räusperte sich und dann – schwieg er.

»Papa!«, entfuhr es Iliya. »Was machst denn du hier?«

Numo, der Streit nicht mochte, schlich sich vorsichtig zu dem Benjaminbäumchen, das in der Ecke neben der Tür stand, und stellte sich komplizenhaft an dessen Seite.

»Pfingstferien!«, sagte Papa. Er räusperte sich erneut. »Warum hast du mir das nicht gesagt?«

»Papa!«, protestierte Iliya. »Du müsstest das echt vor mir wissen! Warum ... warum ... warum muss immer ich mich darum kümmern, um den Haushalt? Um ... um ...« Sie schnappte nach Luft. »Meine Noten, Schule, meine Zukunft?!«, schimpfte sie, nach Worten ringend.

Papa sagte nichts. Gerade noch war er ratlos vor dem Weltall und der Menschheitsgeschichte gestanden. Da kam seine Tochter herein und fegte mit ihrem Protest das Universum samt Menschheit vom Tisch und setzte ihm stattdessen sein eigenes Leben vor Augen.

»Papa!« protestierte Iliya mit Tränen im Gesicht. Sie musste daran denken, wie viel leichter alles gewesen war, bevor Mama auf ihre große Forschungsreise ging. »Wann kommt Mama zurück?«, flüsterte sie. Sogleich schämte sie sich, ohne genau zu wissen warum.

Papa seufzte. Ein Mal mehr spürte er in seinem Herzen jene Leere, die seine Frau dort hinterlassen hatte – natürlich mit dem Versprechen, so schnell wie möglich zurückzukommen. Ihre Theorie zur Rettung des Erdklimas war brillant gewesen. Aber auch gefährlich.

»Es dauert wenigstens ein halbes Jahr ...«, begann Papa seinen Satz.

»Aber es sind nun fast zwei!«, beendete Iliya ihn.

Numo hatte derweil eine Gießkanne gefunden und goss einen nachdenklichen Wasserdialog mit dem Benjaminbäumchen.

»Möchte jemand einen Sonnenbeersaft?«, fragte er eher beiläufig.

22 Der Rauch verzieht sich

Als Papa sich die Tränen aus den Augen gewischt hatte und langsam ein anderes Gefühl als Schmerz in seinem Mund verspürte, röchelte er so etwas wie »Nicht schlecht« in Numos Richtung. Seinen Kelch Sonnenbeersaft stellte er vorsichtig auf seinen Schreibtisch und hoffte, dass es kein Loch hineinfressen würde.

»Ich wusste nicht, dass du so einen coolen Job bei der Raumfahrtbehörde hast!«, sagte Iliya, die klugerweise nur so getan hatte, als ob sie von dem Getränk trank. Genau genommen hatte sie nur daran gerochen, und das war schon schlimm genug gewesen!

Das ging Papa runter wie Honig: Cooler Job.

Jetzt bloß nichts Falsches sagen, ging es ihm durch den Kopf.

»Iliya!« fing Papa an.

»Iliya«, fuhr er fort.

»Du bist der Chef der ESA?«, fragte sie dazwischen.

»Äh«, sagte Papa.

»Und du hast mir nichts erzählt. Davon! Dass du ... dass du hier arbeitest!«

»Ja!«, sagte Papa.

»Noch einen Schluck?«, fragte Numo, wurde aber ignoriert.

»Ich ...«, fing Papa an. »Das hier ...«, fuhr er fort und endete: »Weißt du ...« Er nahm einen weiteren Schluck von seinem Sonnenbeersaft. Er war zu sehr in Gedanken, um zu realisieren, was er tat. Nachdenklich ließ er den Saft von einer Backe in die andere gleiten. In seinem Unterbewusstsein rührte sich der Überlebensinstinkt, konnte jedoch das Gefühl, welches das Getränk auslöste, nicht so recht einordnen.

Er schluckte und erklärte: »Das hier ist die GESA. Das G steht für ›Geheimnis‹.« Seine Stimme klang lallend, da sich sein Mund pelzig anfühlte und er seine Zunge nicht mehr spürte. Merkwürdig, dachte er, fuhr aber fort: »Ich darf über meine Arbeit, das, was ich hier erfahre, nicht sprechen. Auch nicht mit meiner Familie.«

»Warum?« Diesmal war es Numo, der, entgegen besseren Wissens, seinen Mund nicht halten konnte.

»Na, weil es geheim ist«, wiederholte Papa.

Numo fand zwar nicht, dass dies eine Erklärung war, ließ Iliyas Papa aber weitersprechen.

Dieser erzählte, wie die GESA alle Informationen, die Satelliten und Teleskope über das Weltall sammelten, begutachtete, interpretierte und an den Rest der Wissenschaft weitergab. Dabei kamen Geschehnisse vor, die unwissenschaftlich erschienen, da man sie nur einmalig beobachtete. Und es gab Informationen, die wie Messfehler aussahen. Und Hinweise, die schlicht gefährlich schienen, da sie den Menschen Angst einjagten. Meldungen von Meteoriten, die auf der Erde einschlagen könnten. Und von merkwürdigen Phänomenen, welche die Sonne auffraßen.

»Juldre frisst keine Sterne. Er beißt nur winzige Stücke ab! Da könnte man sich genauso gut beschweren, dass jemand auf der Erde eine Mücke erschlägt!«, protestierte Numo in Papas Monolog hinein.

Papa sah Numo entgeistert an.

»Juldre?«, fragte er und erst jetzt fiel ihm auf, dass er nicht wusste, um wen es sich bei dieser Person handelte, die mit seiner Tochter hier hereingeplatzt war.

»Und wer sind Sie eigentlich?«, ersuchte er scharf. Dabei meinte er schwören zu können, dass er den Gefragten vor Kurzem irgendwo gesehen hatte. Diese Augen, dachte er, kam aber nicht darauf, wo das gewesen sein könnte.

»Papa, das ist Numo!«, antwortete Iliya an Numos Stelle. »Eigentlich heißt er …« Sie hielt inne, denn Numos tatsächlicher Name war ihr entfallen.

»Schnapfzupgratztrup«, half derselbe aus und streckte Papa artig die Hand entgegen. Er wollte einen guten Eindruck machen.

»Numo sucht den seinigen Drachen und wir hofften, dass du, ich meine, die ESA, also die GESA, uns dabei helfen kann.«

»Den seinigen Drachen? Eine merkwürdige, veraltete Formulierung«, brummelte Papa.

»Ach, das ist eine lange Geschichte!«, warf Iliya geschwind ein und erzählte weiter: »Numo hat mich mit seinem Raumschiff mit zur Sonne genommen.«

»Raumschiff?«, entfuhr es Papa. Ihm wurde langsam einiges klar. »*Du* hast den Außerirdischen in Empfang genommen?«

»Ja, ich hatte das Glück, gleich beim ersten Versuch das Oberhaupt der Erde kennenzulernen!«, bestätigte Numo. Es irritierte ihn, dass alle über ihn redeten, obwohl er doch anwesend war und selbst reden konnte.

»Das Ober…? Der Erde? Iliya?« Papa konnte es nicht fassen. Scharf sah er seine Tochter an, die ein knallrotes Gesicht bekam und unauffällig versuchte, ihm zu bedeuten, doch bitte nichts zu verraten. Er musste sich das Lachen verkneifen, wobei seine Gesichtszüge merkwürdige Verrenkungen vollzogen.

Numo befürchtete, dass er etwas Falsches gesagt hatte.

Papa räusperte sich: »Und … pffrzzzt.« Er versuchte, sein Lachen als Husten zu tarnen. Er zog ein Taschentuch aus seinem Jackett und schnäuzte sich ausgiebig hinein, bis er sein Gesicht unter Kontrolle bekam. »Und wo ist das Raumschiff im Moment?«, fragte er. Da fiel ihm etwas viel Wichtigeres ein. »Drachen? Ihr sucht einen Drachen?«

»Ja, wir haben eine Schuppe von ihm bei der Sonne gefunden. Nur, jetzt wissen wir nicht, wo er hin ist. Numo glaubt, er versteckt sich auf der Erde in einem Vulkan.«

Nicht zu fassen, ich wusste es, fuhr es Papa durch den Kopf, als er an die Höhlenmalerei dachte. »Ein Vulkan?«, rief er. Nun begann für ihn alles einen Sinn zu bekommen.

»Ja, aber wir wissen nicht in welchem, und auch nicht, wo wir anfangen sollen zu suchen und da hofften wir, dass die ESA, dass also du, uns helfen kannst!« Numo und Iliya blickten Papa hoffnungsvoll an.

In diesem Augenblick flog die Tür zu Papas Büro mit einem lauten Knall auf und Bodas stand schwer atmend darin. Er war eine längere Strecke zum Büro gerannt. In seiner Hand hielt er eine Fax-Nachricht und wedelte damit herum.

»Der Vesuv bricht aus! Jetzt im Moment!«, japste er.

23 Ein Versteck wird enttarnt

Drachen, die mit Meteoren verwechselt wurden, ein Raumschiff, ein Vulkanausbruch und seine Tochter hier in seinem Büro. Was für ein Tag! In Papa Chefs Kopf drehte sich alles.

»Was sollen wir tun?«, fragte Bodas, noch immer außer Atem.

»Ihn einfangen?«, erwiderte Numo, der die Aufregung nicht verstand. Brach jemand aus, fing man ihn eben wieder ein. Besonders, wenn er erst dabei war, auszubrechen.

Bodas sah Numo mit einem mitleidigen Blick an. Das Letzte, das sie momentan gebrauchen konnten, war ein Dummkopf, der meinte, unbedingt lustig sein zu müssen.

Iliya zupfte Numo ganz aufgelöst am Ärmel. »Das ist ein Vulkan!«, rief sie. »Der Vesuv ist ein Vulkan!«

Sofort war Numo hellwach.

»Ein Vulkan? Der jetzt ausbricht?« Er jubelte und umarmte Iliya überschwänglich. »Das ist ja phan-tas-tisch!«

»Kann mal jemand diesen Idioten rauswerfen?«, entfuhr es Bodas, dem das zu viel wurde.

Von Numos Begeisterung angesteckt kam der Chef hinter seinem Schreibtisch hervor und klopfte seinem Assistenten anerkennend auf die Schulter. »Hervorragend Tinktir!«, lobte er ihn, der die Welt nicht mehr verstand.

»Sollten wir nicht vielleicht etwas unternehmen? Hinfliegen und bei der Evakuierung helfen, nur als Beispiel?«, murmelte Bodas kleinlaut, während sich Papa Chef an Numo und Iliya wandte. »Und seid ihr sicher, dass sich Juldre dort versteckt hält?«

»Juldre?«, fragte Bodas und kam sich zunehmend selbst wie der Idiot vor.

»Vollkommen sicher!«, jubelte Numo. »Drachen lieben Vulkane und ganz besonders solche, die aktiv sind. Sie fallen dort nicht auf, wenn sie versehentlich Feuer spucken.« Und etwas leiser: »Aber manchmal kann das dann auch einen echten Vulkanausbruch auslösen.«

»Drachen?«, fragte Bodas. Schon wieder Drachen?

Papa Chef ging nachdenklich hin und her, während er erklärte: »Das Problem ist nur, dass in der Nähe des Vesuvs Millionen von Menschen leben. In der italienischen Stadt Neapel. Ich fürchte, Juldre hat da ganz schön was angerichtet! Wir müssen auf der Stelle etwas unternehmen, bevor der Vesuv Lava spuckt!«

»Juldre hat sich offensichtlich an irgendetwas gehörig den Magen verdorben«, murmelte Numo, der ein zunehmend schlechtes Gewissen bekam.

»Du meinst, Juldre ist schuld daran?«, fragte Iliya.

Bedächtig nickte Numo. Er konnte die Blicke von Iliyas Papa und Bodas auf sich spüren. »Wenn Drachen sich den Magen verderben, verlieren sie die Kontrolle über das Feuer in sich. Sollte Juldre tatsächlich im Vesuv sitzen und unkontrolliert Flammen erbrechen, was meinst du passiert dann mit einem Berg, der selbst gerne Feuer spuckt?«

»Aber der Vesuv ist gewaltig! Was soll da so ein kleiner Drache mit etwas Glut ausrichten?«, protestierte Iliya.

»Drachen essen Stücke von Sternen!«, widersprach Numo mit fester Stimme. »Das ist nicht *etwas Glut*. Das ist sogar heißer als der flüssige Stein, den ihr Magma nennt! Und außerdem ist Juldre nicht klein«, murmelte er mehr zu sich selbst, aber Papa hörte es.

»Wie groß ist er denn so?«, fragte er bemüht beiläufig.

»Das hängt davon ab«, antwortete Numo vorsichtig abschätzend. »Auf diesem Planeten wohl nicht viel größer als ...« Ihm fiel kein geeigneter Vergleich ein. »Also in dieses Zimmer würde er hineinpassen.«

»Und wie sähe das, sagen wir, im Weltraum aus?«, fragte Papa.

»Na ja, da braucht er mehr Platz«, druckste Numo herum. Er ahnte, worauf seine Fragen hinausliefen. »Mein Raumschiff zum Beispiel ist auf der Erde nicht größer als ein Hügel.«

»Ein Hügel?«, horchte Bodas auf, der an die Wiese, auf dem das Raumschiff gelandet sein sollte, denken musste.

Papa Chef winkte ab: »Könnte er auch ein paar Kilometer groß werden? Sagen wir, so riesenhaft wie ein massiger Meteorit?«

»Klar!«, meinte Numo.

»Was ist denn nun mit dem Vesuv?«, rief Iliya dazwischen. Sie mussten doch schnell handeln! »Wir müssen die Menschen retten! Wir müssen Juldre retten! Ich dachte, der Vesuv spuckt bereits Lava?«

»Nein, noch nicht«, sagte Papa und wedelte mit dem Fax, das Bodas ihm gegeben hatte. »Noch steigt die Lava nur und der Vulkan spuckt Rauch und Felsbrocken. Ein paar Stunden bleiben uns.«

»Am besten fliegen wir mit meinem Raumschiff, aber es parkt ein Stück weit entfernt«, schlug Numo vor und wenigstens dieses Mal war Bodas nicht vollkommen überrumpelt. »Wir können das Elobil nehmen, um dorthin zu kommen. Es steht unten bereit.«

24 Steine und ein verdorbener Magen

Captain Grün quakte jetzt schon seinen dritten Alarm und wie jedes Mal brachte Numo ihn zum Schweigen, indem er mit der flachen Hand auf den Teich patschte.

»Kann man den ... den ...« Bodas räusperte sich.

»Captain Grün«, ergänzte Numo, ohne den konzentrierten Blick vom Blumenkontrollpult zu nehmen.

»Ja, kann man Captain Grün nicht, äh, abschalten?«, fragte Bodas. Das dauernde Quaken hinderte ihn daran, sich zu konzentrieren.

Puppie saß in Iliyas Schoß, ließ sich das Streicheln gnädig gefallen und fixierte Bodas mit verächtlichem Blick. Der Alarmfrosch war nicht das erste Besatzungsmitglied, über dessen Tätigkeit sich dieser Barbar beschwerte.

Blind griff Numo nach dem Seerosenblatt, nahm es aus dem Teich und drückte es Bodas in die Hand. Captain Grün beobachtete dies mit seinen gelben Amphibienaugen, die seiner Tribüne folgten, ohne dass sich der Rest vom Frosch bewegte. Nur ein leichtes Heben und Senken seiner Kehl-Schallblase war zu sehen.

Statt des Quakens hörte man nun ein Tosen, Donnern und Grummeln, gelegentlich von einem Knall, wenn ein Felsbrocken aufschlug, übertönt. Sie näherten sich dem Vulkan.

»Neapel ist in einem Ausnahmezustand«, sagte der Chef. »Alle Menschen versuchen, sich in Sicherheit zu bringen und die Stadt zu verlassen. Die Straßen sind überfüllt, nirgendwo kommt man mehr voran.«

»Warum gehen die Leute nicht einfach in ihre Keller?«, fragte Bodas. Er hatte nur halb zugehört, da er sich überlegte, was er mit dem Seerosenblatt anfangen sollte.

»Um sich vor flüssiger Lava in Schutz zu bringen?«, fragte Iliya erstaunt. Sie nahm ihm das Blatt aus der Hand und legte es in einen dafür vorgesehenen Behälter am Kontrollpult, in dem noch einige andere Ersatzseerosenblätter verschiedener Farbe, Größe und Form bereitlagen.

»Bis jetzt spuckt der Vesuv keine Lava, sondern nur Steine!«, sagte Papa.

»Steine?«, fragte Bodas.

»Kilometerweit! Gewaltige Brocken!« Iliya holte mit ihren Armen aus, so weit sie konnte. »Da geht ein Felsbrockenregen nieder in der Gegend.«

»So etwas habe ich noch nie erlebt!«, sagte Numo schuldbewusst. »Juldre muss es wirklich übel gehen!«

Jetzt war es an Papa Chef, ein schlechtes Gewissen zu bekommen. Er musste an die Atombombe denken, die sie gegen den vermeintlichen Meteoriten losgeschickt hatten.

In diesem Moment machte das Raumschiff einen Satz, als es einem gewaltigen Steinbrocken auswich, der ihren Weg kreuzte.

»Was war denn das?«, rief Bodas erschrocken.

»Wir sind da«, antwortete Numo.

»Wird das Raumschiff nicht für zusätzliche Panik unter der Bevölkerung sorgen?«, befürchtete Bodas.

»Aber nein!«, beruhigte ihn Numo nicht ohne Stolz. »Wir können jede beliebige Form annehmen. Einen Hügel, einen Baum, was immer wir möchten. Im Moment sehen wir von außen aus wie eine Wolke.«

Bodas musste an den Hügel auf der Wiese denken, der sich Stunden vorher noch nicht an jener Stelle erhoben hatte. Und ihm fiel auch wieder das Quaken ein, das er dort gehört hatte. Er blickte zu Captain Grün, der immer noch ohne sich zu rühren im Teich trieb und das verstaute Seerosenblatt mit seinen Augen fixierte. Da gab es einen gewaltigen Ruck, der alle durcheinander purzeln ließ. Mit einem eindrucksvollen Donner durchschlug ein schrankgroßer Felsbrocken den Boden des Raumschiffs, schoss an der Besatzung der Gaia 3 vorbei und verabschiedete sich krachend durch die Decke.

»Hoppla!«, meinte Numo und konzentrierte sich auf das Blumenkontrollpult, während Captain Grün die vor Schreck erstarrte Gruppe vermutlich vorwurfsvoll ansah – so genau ließ sich das nicht erkennen.

»Keine Sorge!«, sagte Numo, allerdings mit leicht nervöser Stimme. »Das Raumschiff ist voll-organisch und die Wunde ist bereits dabei, sich zu schließen!«

Im gleichen Moment schienen der Boden und die Decke lebendig zu werden. Ein Gewusel aus winzigen schwarzen Leibern krabbelte aus allen Ecken auf die Stelle zu, an welcher der Felsbrocken das Schiff durchschlagen hatte.

»Ihhhhhh!«, quietschte Iliya, als sie die Millionen von Ameisen auf sich zukrabbeln sah.

»Stürzen wir ab?«, keuchte Bodas mit heiserer Stimme und krallte sich mit weit aufgerissenen Augen an einen Sessel. Doch Numo winkte gelassen ab. »Hast du schon mal eine Wolke abstürzen sehen?«

»Nein, abregnen allerdings allemal«, krächzte Bodas, während er versuchte, dem Gewusel auszuweichen.

Iliya vollführte eine Art Regentanz, um nicht von den Ameisen überrannt zu werden. Dann bemerkte sie, dass die Insekten einen Bogen um sie und alle anderen machten. Zielstrebig krabbelten sie auf die Schäden am Schiff zu und begannen, diese mit atemberaubender Geschwindigkeit zu reparieren.

»Wir müssen uns beeilen!«, stellte der Chef, der das alles gar nicht mitbekam, fest. »Was hast du herausgefunden, Iliya?«

Die Gefragte war zwar noch kreidebleich, hatte sich aber voll unter Kontrolle. Während sie ihre Idee erklärte, ging sie zu dem Seerosenblatt und legte es, neben dem Alarmfrosch, zurück auf den Teich.

»Ihr habt einen Meteoriten gesehen, oder? Papa?«

»Ja, vor zwei Tagen haben wir beobachtet, wie ein mehrere Kilometer großes Objekt aus Richtung Sonne mit hoher Geschwindigkeit auf die Erde zugeflogen ist.«

»Und da habt ihr befürchtet, dass der Meteorit, ich meine, das Objekt, auf der Erde einschlägt. Und um das zu verhindern, wurde eine Atombombe dorthin geschickt. Diese sollte beim Objekt explodieren und es von seinem Kurs abbringen!«

»Ja.« Papa klang schuldbewusst, obwohl er doch nur die Menschheit hatte retten wollen. »Allerdings ist sie nicht detoniert!«

»Nicht explodiert?«, fragte Iliya erstaunt und runzelte die Stirn. »Aber wir haben dort Plutonium gefunden! Sie muss explodiert sein!«

»Nein.« Papa schüttelte entschieden den Kopf. »Die Bombe hatte das Objekt erreicht und dann ... dann war sie auf einmal weg und das Ding flog weiter auf die Erde zu. Allerdings wurde es immer kleiner, je näher es kam, so als würde es wegfliegen. Und das, obwohl die Instrumente anzeigten, dass es Kurs auf die Erde nahm.«

»Der Meteorit war der Drache!«, rief Bodas begeistert, als er das Rätsel gelöst hatte. »Und wie Numo gesagt hat: Er wurde immer kleiner, *weil* er auf die Erde zuflog!« Bodas fragte sich, aus welchem Grund die anderen nicht so verblüfft waren wie er und warum sie ihm nicht dazu gratulierten, dass er das Geheimnis aufgelöst hatte. Stattdessen schienen sie ihm überhaupt nicht zuzuhören.

»Bestimmt hatte er noch Hunger und hat die Bombe aufgegessen«, sagte Numo. »Und dann ist sie in ihm explodiert und er hat sich den Magen verdorben.«

»Und jetzt hat er Schluckauf oder so etwas!«, ergänzte Iliya.

»Ich habe ihn gewarnt! Ich habe ihm gesagt, er soll nicht alles in den Mund nehmen!«, brummelte Numo und rief sogleich: »Achtung!«

Während das Quaken erneut losging, vollführte Numo ein rasantes Ausweichmanöver. Wieder einmal purzelten alle durcheinander. Da es aber keine scharfen Kanten oder Ecken in dem Raumschiff gab, tat sich niemand ernsthaft weh.

Ein weiterer Riesen-Steinbrocken rauschte an ihnen vorbei und verfehlte das Schiff nur knapp.

»Zu oft wollen wir nicht kollidieren!«, sagte Numo mit fröhlicher Stimme, denn das hier fing an, ihm Spaß zu machen.

Da ertönte ein ohrenbetäubender Knall, gefolgt von einem Grummeln und Beben, als ob die Erde zerbersten würde.

Und exakt dies passierte auch!

25 Der Rettungsplan

Mit gebanntem Entsetzen starrten Iliya, Numo, Bodas und Papa Chef aus dem Monitorfenster.

Sie kreisten in etwa 500 Meter Höhe oberhalb des Kraters des Vesuvs. Feuerzungen schossen empor, deren Hitze sie bis hinein in das Raumschiff spüren konnten. Zugleich begannen Lavafluten über den Krater zu fließen. Aus einigen Nebenkratern lief das Magma bereits den Berg hinunter auf die Millionenstadt zu.

Neapel war in den letzten Jahrzehnten stark gewachsen, viele Menschen waren zugezogen und so hatte man begonnen, die Häuser dichter an den Vesuv heran zu bauen, als es ratsam war. Diese Wohngebiete sahen bereits jetzt aus wie Trümmerfelder. Der vom Vulkan ausgespuckte Felsbrockenregen hatte eine Vielzahl der Gebäude getroffen und zerstört. Zum Glück waren diese Gebiete schon sehr früh evakuiert worden und Iliya sah dort keine Menschen oder Tiere.

Anders in den etwas weiter entfernten Bezirken der Großstadt. Hier konnte Iliya Menschen in Panik hin und her rennen sehen. Die meisten versuchten, sich mit ihren vollgepackten Autos in Sicherheit zu bringen, kamen aber nicht voran, da zu viele Vehikel gleichzeitig auf der Straße waren und sich gegenseitig blockierten. Andere Einwohner rannten einfach vom Berg weg und hofften, ihr Leben in Sicherheit bringen zu können.

Iliya hatte Tränen in den Augen, als sie all das sah und rief: »Wir müssen etwas unternehmen! Numo! Können wir nicht mit dem Raumschiff ein paar Menschen retten?«

Die Lava schwappte bereits über den Kraterrand und begann zähflüssig und unaufhaltsam auf Neapel zuzufließen. Alles, was sich ihr in den Weg stellte, verbrannte.

»Wie viel Zeit bleibt, bis die Lava die ersten Gebäude erreicht?«, fragte Papa.

»Noch etwa dreißig Minuten bis zum Stadtrand, dann weitere zwanzig Minuten, bis sie die Autos im Stau erwischt«, antwortete Bodas, dessen mathematisches Gehirn auch jetzt schnell und exakt arbeitete.

Plötzlich ging das Raumschiff in einen Sturzflug über und schien auf den Berg zu fallen. Nur wenige Meter vor dem Stadtrand, am Fuß des Vulkantrichters, stoppte das Schiff und blieb abrupt stehen.

»Was war das?«, rief Papa erschrocken.

Numo drehte sich zu seinen drei Freunden um. »Wir müssen Juldre da rausholen. Solange er sich im Krater versteckt, wird der Ausbruch nur schlimmer und heftiger werden!« Numo blickte Papa und Bodas abwechselnd fest in die Augen. »Ihr beide helft bei der Evakuierung. Alle Menschen sollen wenigstens bis zum Rand der Stadt in Sicherheit gebracht werden!«

Papa und Bodas nickten.

»Das Elobil ist im Transportraum. Meine Reparaturameisen haben es auf dem Flug hierher vollständig gewartet und ein paar Verbesserungen eingebaut. Das wird euch hoffentlich helfen.«

Bodas war ein wenig angefressen, dass sich Numo über sein Elobil hergemacht hatte, sagte aber nichts, sondern wollte schon losrennen.

»Was ist mit mir?«, rief Iliya.

»Ich brauche eine Kopilotin beim Rettungsflug. Das bist du. Natürlich nur, wenn du möchtest.«

Iliyas Herz vollführte vor Stolz und Freude einen kleinen Hopser.

»Und Schmengel verschafft uns Zeit und sorgt dafür, dass die Lava die Stadt nicht erreicht!«, beendete Numo seinen Plan.

Iliya hörte das vertraute Klappern, als der Saubärsauger, der seinen

Namen vernommen hatte, hinter seiner Klappe hervorlugte. Er kam angewatschelt und beschnüffelte sie freudig mit seinem feuchten Rüssel.

Papa und Bodas sahen verblüfft auf das Geschöpf.

»Was ist das?«, stieß Bodas hervor.

»Das ist Schmengel!«, sagte Iliya und klopfte dem Genannten anerkennend auf den Rücken. »Ein Schmutz-Engel. Er frisst einfach alles und hält dadurch das Raumschiff sauber.«

»Und wie soll das die Lava aufhalten?« Papa deutete ungläubig auf den Saubärsauger. Er begann, an dem Plan zu zweifeln.

»Keine Sorge«, versuchte Numo zu beruhigen. »Schmengel ist ein Rüsselbär von Auris 3.«

»Ach so«, sagte Papa, aber es klang eher wie »Na und.«

»Auris 3 befindet sich in der Nähe eines Schwarzen Loches und die Rüsselbären ernähren sich davon. Alle besitzen ein kleines Schwarzes Loch im Magen. Da passt ganz schön was rein! Wird einfach verschluckt. Erst vom Rüsselbär, dann vom Loch. Daher haben wir Raumfahrer ja alle so einen Begleiter an Bord. Er ist die perfekte Haushaltshilfe. Jetzt los!«, rief Numo. »Schmengel kann zwar extrem viel essen, aber er muss um den Berg herum. Die Zeit läuft uns davon!«

Und so verließen Papa und Bodas eiligst mit dem Elobil das Raumschiff und flogen auf die Menschenmassen zu. In der Tat, ihr habt euch nicht verlesen: Die Reparaturameisen hatten ganze Arbeit geleistet und dem Elobil einen Flugantrieb eingebaut.

Nicht schlecht, das muss ich mir später ansehen, was die da gemacht haben, dachte Bodas und war wieder versöhnt.

Sofort nahm auch das Raumschiff Geschwindigkeit auf und setzte Schmengel bei den ersten Lavaströmen ab. Dieser begann sogleich, mit seinem Rüssel das Magma mit einem lauten schmatzenden Geräusch aufzusaugen. Kreisförmig watschelte er so um die Flanke des Berges.

Seine gelegentlichen Rülpser gingen im Donnern des Vulkans unter.

Das Raumschiff beschleunigte in Richtung Krater.

Als sie direkt in der Öffnung über der brodelnden Lava schwebten, hielt Numo kurz an und warf Iliya einen aufmunternden Blick zu.

»Bereit?«, fragte er mit ernster Stimme.

»Klar!«, rief Iliya. »Auf geht's zu Juldre!«

26 Ein schlechtes Gewissen

Als die Luft in seiner Höhle die für ihn angenehme Temperatur erreicht hatte, hörte auch das Plätschern auf. Die Wassertropfen, die von der Decke gefallen waren, verdampften nun, bevor sie am Boden aufkommen konnten.

Trotzdem bibberte und zitterte er nach wie vor. Mit jedem Mal, da er einen Hitzestrahl aufstieß, fühlte er sich elender. Laut klapperten seine Zähne aufeinander und er kroch Stück für Stück näher an das Magma, das zäh fließend aus dem Bauch der Erde die Vulkanschlote hinaufgekrochen kam. Das glühende Gestein tauchte das Dunkel der Höhle in ein warmes, fast feierliches Licht, wie von Tausenden von Kerzen erhellt.

Tief sog Juldre die wohltuenden Schwefeldämpfe ein. Drachen konnten mehrere Jahrhunderte lang die Luft anhalten. Dies ermöglichte ihnen, durch den Weltraum zu fliegen. Wenn sie allerdings so krank waren wie Juldre, benötigten sie Sauerstoff, um ihr inneres Feuer anzuheizen. Schwefel linderte den Schmerz im Rachen, ähnlich wie Hustenbonbons bei Menschen.

Nicht genug damit, dass er sich so krank fühlte, auch sein Gewissen machte ihm schwer zu schaffen. Wieder und wieder musste er an dieses Ding denken, das dort, bei der Sonne, plötzlich auf ihn zugeflogen war und seine Neugierde weckte. Er hatte die Wärme des darin enthaltenen radioaktiven Urans und die Energie gespürt, die von der Strahlung dieses Metalls ausging. Ein kleiner Happen nur, ein winziger Nachtisch. Im Grunde genommen war er satt gewesen und eigentlich wusste er, dass man nicht alles anknabbern soll, das hatte ihn seine Urgroßnum stets gelehrt. Seine Neugierde war indes stärker als alles andere. So schnappte er nach dem Ding und lutschte ein wenig darauf herum. Den Geschmack fand er nichtssagend: ein bisschen Eisen, eine Spur Kohlenstoff. Schließlich schluckte er es hinunter, denn Essensreste in die Gegend zu spucken gehörte sich nicht für einen wohlerzogenen Drachen. Und in diesem Moment passierte es: Das Ding explodierte in seinem Magen, mit der Hitze der Sonne und unerträglichen, die Magenschleimhaut verätzenden Strahlen. Juldre kam es vor, als krempte es sein Innerstes nach außen, nur wäre es ihm dann vermutlich besser gegangen. So war ihm einfach nur übel. Fürchterlich übel. Und er fühlte sich schlapp und fröstelte und sehnte sich nach nichts mehr als einer Brise Sauerstoff, um sein Feuer anfachen zu können. Da war ihm dieser Planet, die Erde, nur recht gekommen.

Ja, die Erde war verboten.

Und ja, auch die Sonne war verboten.

Das ganze Sonnensystem war verboten. Juldre hatte es gewusst, einzig seine Neugierde war stärker gewesen. Aber wenigstens jetzt wollte er sich an die Etikette halten. Er nahm eine kleinere, unauffälligere Gestalt an, während er zur Erde stürzte und eiligst nach einem geeigneten Vulkan als Versteck suchte. Als er einen angenehm Aktiven fand, ließ er sich hineinfallen und so saß er hier und wartete darauf, dass sein Magen sich beruhigte.

27 Sonnenbeersaft

»Hörst du das?«, fragte Iliya. Gebannt starrte sie aus dem Fenstermonitor. Geisterhaft glühendes Gestein zog zähflüssig an ihnen vorbei, während sie mitten durch den Krater in die Tiefe einer fremden Welt hineintauchten.

Sie waren auf der Suche nach Juldre, der sich in einer der Höhlen des Vulkans versteckt halten musste. Wie sie ihn allerdings finden sollten, konnte Iliya sich nicht erklären. Das dickflüssige Gestein versperrte ihnen jede Sicht.

Numo saß mit geschlossenen Augen in seinem Sessel und schien in sich hinein zu hören. Eine Art Meditation? Sie erinnerte sich, dass er von einer besonderen Verbindung zwischen ihm und Juldre gesprochen hatte. Sie stand am Blumenkontrollpult und steuerte das Schiff mit Hilfe der kleinen bunten Wasserkännchen und sanftem Streichen über die Blüten.

Numo hatte ihr eine kurze Einweisung in die Steuerung gegeben. Iliya lernte rasch, zumal sie ja bei ihrem ersten Flug zu Sonne bereits aufgepasst hatte. Dennoch konnte sie beim ersten Flugversuch nur mit Not einem Felsbrocken ausweichen. Zum Glück verkraftete das Schiff so einiges. Wie sonst wäre es möglich, durch tausende Grad heißes Gestein zu tauchen?

»Hörst du das?«, fragte Iliya erneut und dieses Mal reagierte Numo, indem er mit dem Zeigefinger vor seinem Mund um Stille bat.

Zwischen dem Knistern, Blubbern und Knacken des Magmas donnerte es ab und zu dumpf. Eine regellose, unheilvolle Geräuschkulisse drang gedämpft durch die Wände des Raumschiffes. Hörte man genau hin, ahnte man, kaum vernehmbar, rhythmisches Klappern mitten in dieser ungeregelten Kakofonie. Einzig die Regelmäßigkeit dieses Klanges erlaubte, dass man es zwischen all den anderen Geräuschen wahrnehmen konnte.

»Ein Stückchen da lang«, flüsterte Numo und hob leicht die Hand in die gewünschte Richtung. Sachte steuerte Iliya das Schiff nach links. Eine besonders heiße Gesteinsblase blubberte vor ihnen hoch und für einen Moment erhellte grelles weißes Licht das Innere der Gaia 3.

»Ein Stück nach oben«, flüsterte Numo. »Stop«, sagte er sogleich. Das Klappern wirkte nun eindeutig lauter. Es klingt wie zwei Steine, die schnell aufeinandergeschlagen werden, fand Iliya. Plötzlich tauchte vor ihnen tiefste Schwärze auf, und bevor sie etwas unternehmen konnte, machte das Schiff einen Satz nach vorne. Sie verließen den Schlot des Vulkans und gelangten in einen Hohlraum, der dürftig von dem Magma, das an der Öffnung vorbei zog, erleuchtet wurde. Nur wenig der zähen Masse floss hier am Boden entlang, aber es genügte, um auch den hinteren Teil der Höhle aufzuhellen.

Dort erblickten die beiden die zusammengekauerte Gestalt Juldres, der erbärmlich mit den Zähnen klapperte und dabei das Geräusch erzeugte, das Iliya gehört hatte.

»Juldre!«, rief Numo vor Freude und sprang aus seinem Sessel auf. Tränen lief ihm aus den Augen.

»Schmamamamamamam ...«, hörte man, leicht gedämpft, den Drachen von draußen. Mit seinen klappernden Zähnen konnte er kaum sprechen.

»Iliya!« Numo legte ihr seine Hand auf die Schulter. »Ich muss Juldre da rausholen, aber du kannst nicht aussteigen, das ist viel zu gefährlich. Schaffst du es, das Schiff ohne meine Hilfe hinauszufliegen?«

»Klar!«, sagte Iliya, wenn auch mit einem leicht mulmigen Gefühl in der Magengegend.

»Gut!« Numo nickte bedächtig mit dem Kopf. »Juldre braucht eine Extraportion Sonnenbeersaft. Das ist nicht ungefährlich, denn es wird seinen Magen reinigen. Und bei Drachen bedeutet das, dass es eine heftige Stichflamme geben wird. Dies wird voraussichtlich die meiste Lava aus dem Vulkan pusten und den Krater erneut verschließen, wenn die restliche Lava nicht mehr unter Druck steht und erkaltet.« Als er weitersprach, wirkte sein Gesicht außerordentlich ernst: »Iliya. Du musst deinen Papa und Bodas finden und sie alarmieren, und alle Menschen dort draußen warnen.« Sie nickte stumm. Was das bedeutete, wenn die gesamte Lava auf einmal aus dem Krater schoss, war kaum vorstellbar. »Leider können wir nicht mehr miteinander kommunizieren, sobald ich das Schiff verlassen habe. Alles hängt an dir, Iliya! Ich warte zwanzig Minuten, dann gebe ich Juldre den Sonnenbeersaft.«

Die beiden sahen sich schweigend an.

Sie musste schlucken: »Und du? Was ist mit dir?«

»Ach, kein Problem!«, winkte er ab. »Juldre wird mich mit seinen feuerfesten Flügeln schützen!«

Iliya nickte stumm. Klang da Unsicherheit in seiner Stimme mit?

»Zwanzig Minuten ab jetzt«, sagte Numo. Unter jeden Arm packte er ein Fass Sonnenbeersaft, öffnete die Ausstiegslukcn und schlüpfte nach draußen. Kurz winkte er Iliya durch das Monitorfenster zu, dann rannte er zu Juldre und umarmte ihn.

Sie schluckte, riss sich zusammen und verschaffte sich mit einem raschen Blick über das Blumenkontrollpult eine Statusübersicht. Vor sich sah sie 20 Grillen, die den Countdown zirpten.

Behutsam steuerte sie das Schiff zurück in das Magma.

Als sie nach oben beschleunigte, hüpfte eine der Grillen ins Beet und verstummte.

Noch 19 Minuten, dachte Iliya bei sich.

28 Düstere Aussichten

Der Aufstieg durch den Vulkanschlot gestaltete sich einfacher, als Iliya es erwartet hatte. Anders als beim Hinabtauchen konnte sie nun mit dem Strom schwimmen und musste sich nicht darauf konzentrieren, jemanden zu finden.

Bereits nach zwei Grillen spürte sie, wie das Schiff intensiv beschleunigte. Kurz schien es unmöglich, den Kurs zu halten, da spuckte sie der Vulkan schon aus. Rasch goss Iliya die Bremsblume, beinahe wäre das Raumschiff mit einem Riesensatz Richtung Mond geflogen. Flüchtig taumelte das Gefährt über dem Krater hin und her, bis die Pilotin es erneut unter Kontrolle brachte.

Noch sechzehn Grillen, stellte sie fest.

Konzentriert sah sie aus dem Monitorfenster. Mit einem Rundflug versuchte sie, sich einen Überblick zu verschaffen.

Dem Schlot entwich dicker Rauch. Eine bedrohlich schwarze Wolke, voll von Asche, hatte sich über dem Vulkan gebildet und tauchte alles in ein düsteres, dreckiges Licht. Das dickflüssige, glühende Magma floss zäh den Kraterrand hinab, schien aber nicht allzu weit gekommen zu sein. Bis zum Stadtrand fehlte noch mehr als ein halber Kilometer.

Waren wir wirklich nur so kurz weg?, wunderte sich Iliya. Von weitem sah sie Schmengel am Rande der Lava entlangwatscheln. Für seine Größe hatte er eine beachtliche Geschwindigkeit und saugte mit seinem Rüssel gewaltige Teile der Glut weg.

»Bravo Schmengel«, flüsterte Iliya und wandte sich der Stadt zu. Merkwürdigerweise konnte sie von der Panik der Stadtbewohner nichts mehr sehen. Die Menschen standen zwar nach wie vor mit ihren Autos in den verstopften Straßen, doch niemand schien es eilig zu haben: Kein aufgeregtes Hupen, keine Schreie. Vielmehr starrten sie alle in Richtung des Vulkans.

Kurz erschrak Iliya: Können sie mich und das Raumschiff sehen? Sie überprüfte sämtliche Einstellungen des Blumenkontrollpults und stellte beruhigt fest, dass die Tarnung als Wolke noch funktionierte. Also versuchte sie, den Blicken der Einwohner zu folgen und endlich verstand sie, warum alle so gebannt in ihre Richtung, auf den Vulkan, starrten: Für die Menschen bot sich das außergewöhnliche Schauspiel von Lava, die ein Stück den Berg hinabfloss, um sofort wieder hinaufzufließen. Iliya wusste, dass dies Schmengel zu verdanken war, der fortwährend um den Feuerberg herum lief und die Glut aufsaugte. Aber für einen uneingeweihten Beobachter sah es wie ein reichlich merkwürdiger Tanz aus, den die rot glühende Masse auf dem Berg vollführte. Als ob sich die Lava nicht entscheiden konnte, hinauf- oder hinunterzufließen. Kein Wunder, dass alle diesem ungewöhnlichen Schauspiel zusahen, statt in Panik zu verfallen.

Noch 13 Grillen.

Iliya erinnerte sich an ihren Auftrag: Sie sollte Bodas und Papa finden und zusammen mit ihnen die Menschen in Sicherheit bringen.

Sicherheit!

Sie vergegenwärtigte sich Numos Worte, dass sie die Bevölkerung vor den Steinen, die es regnen würde, beschützen sollte. Alle mussten sich ein Dach über dem Kopf verschaffen! Aber das waren Millionen!

Iliya begann hektisch, nach dem Elobil Ausschau zu halten.

Noch 12 Grillen.

Da! Neben einem Gebäude, das wie das Rathaus aussah, stand es! Na klar, sie versuchten, den Bürgermeister für die Hilfe zu gewinnen.

Das Gebiet um das Rathaus wurde von Polizisten bewacht. Wasserwerfer lauerten bedrohlich wie Panzer in Position. Aber das stellte kein Problem für Iliya dar. Die Gesetzeshüter wunderten sich zwar etwas, dass jetzt auch noch die Wolken so tief hingen, allerdings war bei einem Vulkanausbruch schließlich einiges möglich.

11 Grillen, vergewisserte sie sich, bevor sie aus dem Raumschiff eilte und aus dem Dunst auf ihren Papa zulief. Dieser diskutierte erbittert mit einer auffällig elegant gekleideten, dicklichen Gestalt. Bodas stand ein Stück abseits und führte ein leidenschaftliches Gespräch mit einem Polizisten. Dabei deutete er stolz auf das Elobil.

»Iliya! Was gibt es Neues?«, rief Papa, als sie angerannt kam.

»Wir haben gerade noch zehn Grillen!«, krächzte sie, aufgewühlt und außer Atem.

»Grillen?«, fragte Papa.

»Ja ist denn das hier ein Irrenhaus?«, stöhnte der dicke Mann neben ihm. Er trug eine Schärpe, die ihn in der Tat als den Bürgermeister auswies.

»In zehn Minuten wird Numo ...« Iliya hielt inne und schielte auf den Gemeindevorsteher, der ja nichts von Numo oder Juldre wissen durfte.

»Wer ist dieses Kind?«, kreischte dieser.

»Das ist meine Tochter Iliya«, sagte Papa und wandte sich ebendieser zu. »Ihr habt einen, äh, Weg gefunden den, hrrmm, Vulkan zu stoppen?«

»Die Göre da?«, grölte der Bürgermeister und schnaubte abfällig. Allerdings wurde er von allen Anwesenden ignoriert.

»Ja, haben wir, Papa, aber um ihn da raus zu bekommen ...« Iliya räusperte sich, um Zeit zu gewinnen, sich eine Umschreibung zu überlegen. »Wir bringen den Vulkan quasi zum Niesen.«

»Niesen! Ha!« Der Gemeindevorsteher lachte hysterisch.

»Ich verstehe«, sagte Papa.

»Er versteht«, äffte der Bürgermeister nach. Offensichtlich war er mit seinen Nerven am Ende.

»Wie viel Zeit bleibt uns?«, fragte Papa.

»Sagte ich doch, etwa zehn Grillen, neun jetzt wahrscheinlich.«

Papa ignorierte die Grillen und beschloss, seine Tochter später danach zu fragen.

»Wir müssen die Menschen in Sicherheit bringen. Numo meinte, dass die Hitze kein Problem sein wird. Die Lava wird, wenn, ähm, wenn …« Iliya schielte zum Bürgermeister, aber der schien vollkommen mit sich selbst beschäftigt zu sein. Sie flüsterte: »Numo gibt Juldre ein Fass Sonnenbeersaft, damit er das Gift aus seinem Körper rausniesen kann. Die Lava wird dabei fein verteilt in die Luft fliegen, sich abkühlen und als eine Art Kieselstein-Regen auf die Stadt prasseln.«

»Ein Fass? Ein Ganzes?«, entfuhr es Papa ehrfürchtig und er erkannte den Ernst der Lage.

»Die Menschen brauchen alle einen Unterschlupf. Wir müssen sofort handeln!«, rief Papa und winkte eilig Bodas und den Polizeihauptmann herbei. Plötzlich wurde er blass.

»Iliya …« Seine Stimme klang belegt. »Wenn all die Lava und die Asche fein verteilt in die Luft geschleudert werden, dann kann dies das Ende für alles Leben auf der Welt bedeuten!«

»Was? Warum?« Ihr Herz schien einen Schlag auszusetzen und ein kalter Schauer lief über ihren Rücken, als sie die Panik im Gesicht ihres Vaters erkannte. Offensichtlich war diese Frage nicht leicht zu beantworten, obwohl es so wichtig war, es zu verstehen.

»Die Asche verteilt sich in der Luft und wird dort von den Winden über die Welt getragen. Sie wirkt wie ein Vorhang, der zugezogen wird. Das führt dazu, dass zu wenig Tageslicht auf die Erde kommt. Es kann Jahre dauern, bis die Asche herunterkommt und bis dahin sind viele Pflanzen, die das Sonnenlicht brauchen, eingegangen. Und wenn die Pflanzen eingehen, dann sterben auch die Tiere!«

Iliya war kreidebleich. Doch plötzlich huschte ein Lächeln über ihr Gesicht, als ihr eine Idee kam.

»Du bringst die Einwohner in Sicherheit, Papa, und ich kümmere mich um die Asche!«, rief sie. Schon rannte sie los und verschwand im Nebel.

»Und husch ist sie weg!«, kicherte der Bürgermeister. Die Ereignisse überforderten ihn.

Während der Chef Papa mit Bodas und dem Polizeichef eifrig Pläne diskutierte und Aufgaben verteilte, führten zwei Sanitäter den Gemeindevorsteher sanft in das Rathaus zurück.

29 Gefrässige Wolken

5 Grillen.

Iliyas Gespräch mit Papa hatte länger gedauert als geplant. Eilig startete sie das Raumschiff und steuerte Richtung Krater.

Der Nebel vor dem Rathaus verzog sich so rasch, wie er gekommen war, doch kaum jemand nahm davon Notiz.

Eifrig telefonierte der Polizeipräsident über sein Handy mit dem Polizei-Hauptquartier, von dem aus sofort einige mit Megafonen ausgestattete Helikopter abflogen.

4 Grillen.

Von allen Lautsprechern der Stadt und aus den Verstärkern der Hubschrauber dröhnte die Stimme des Polizeipräsidenten, der die Einwohner aufrief, sofort in ihre Häuser zu gehen oder in öffentlichen Gebäuden Schutz zu suchen.

3 Grillen.

Einige der Menschen kamen der Aufforderung nach, andere fragten sich, was das sollte. Erst forderte man sie auf, ihre Häuser zu verlassen und zu fliehen und nun hieß es: Kehrt marsch und so schnell wie möglich wieder zurück. Es sprach sich herum, dass der Bürgermeister einen Nervenzusammenbruch hatte und seitdem unbeherrscht kichernd auf einer Palme im Rathaus saß. Dies machte die Aufforderung nicht eben glaubwürdiger.

2 Grillen.

Es gab ein angemessenes Tohuwabohu und viele Menschen diskutierten wild durcheinander über die Willkür des Staates und die Unfähigkeit des Bürgermeisters. Zumindest mit Letzterem hatten sie ja auch durchaus recht.

In all der Verwirrung fiel niemandem auf, dass die Lava wieder anfing, auf die Stadt zuzufließen. In scharfem Kontrast du dem dicken, schwarzen Qualm, der aus dem Trichter des Feuerberges aufstieg, bildete sich eine gewaltige weiße Wolke vor dem Vulkan.

Eine Grille.

Iliya steuerte die Gaia 3 genau über den Krater und aktivierte das Programm zur Vergrößerung des Schiffs. Damit ihr Plan gelang, musste die Wolke, die natürlich das Raumschiff war, den gesamten Berg einhüllen. Nur so konnte ihr nichts entgehen.

Die letzte Grille hüpfte in das Blumenkontrollpult, als die Erde zu beben begann.

Zunächst ertönte ein dumpfes Grollen, das man im Bauch spüren konnte, dann fingen die Scheiben der Häuser zu vibrieren an. Vereinzelt fielen klirrend Gläser von den Tischen.

Verängstigt hielten sich die Menschen aneinander fest. Sie fragten sich, ob es die richtige Entscheidung gewesen war, im Freien zu bleiben und dem Aufruf nicht zu folgen.

Dann zerriss ein ohrenbetäubender Knall die Luft. Explosionsartig schoss ein nicht enden wollender Strom von glühender Lava aus dem Krater senkrecht in die Höhe, durch die gewaltige weiße Wolke hindurch. Dahinter verschwand sie aus dem Blickfeld der Beobachter.

Beim Anblick dieses Schauspiels erschauderten die Menschen. Als ihnen klar wurde, dass die Lava auch wieder zur Erde zurückfallen musste, und zwar auf sie, die Einwohner von Neapel, da verstummten sie vor Entsetzen. Nur ein paar Kinder weinten, während ihre Eltern Gebete zum Himmel schickten. Alle fassten sich bei der Hand – Kinder, Eltern, Bankdirektoren, Arbeitslose, Bettler, Priester, Schimpansen, Diebe, Fernsehstars – und starrten betend in den Himmel, in Erwartung des Jüngsten Gerichts. Auch einige Paviane, die zusammen mit den Schimpansen aus dem nationalen Zoo ausgebrochen waren, hüpften umher, zu aufgeregt, um jemandem die Hand zu geben – und schon gar nicht den Seelöwen.

Da versiegte der Lavastrom, der durch die Wolke hindurch geschossen war und Stille trat ein.

Kein Wind wehte.

Kein Vogel sang.

Kein Auto brummte.

Alle Menschen starrten in den Himmel, auf die weiße Wolke, in der die Glut verschwunden war. Die Lava, die den Berg hinuntergelaufen war, erkaltete bereits wenige Meter vor dem Stadtrand, da kein Nachschub mehr kam.

Da begann die Wolke zu schrumpfen, sich aufzulösen. Die Menschen starrten noch immer verängstigt, schließlich ungläubig, auf die kleiner werdende Wolke, die hinter sich den Blick auf einen strahlend blauen Himmel freigab.

Keine Lava, kein schwarzer Qualm mehr, nur kurz ein weit entferntes, dafür aber ungemein lautes Rülpsen, dann erneut Stille.

Einzig ein winziges weißes Wölkchen schwebte wie David neben Goliath über dem Vulkankrater.

30 Alle friedlich vereint

»Pas mal!«, staunte der französische Präsident und sah Numo mit einem anerkennenden Blick an. »Vraiment, c'est formidable dies Raumschiff«, bestätigte er und ließ sich in einen der moosbesetzten Kommandostühle fallen. »Mais avec ...« Der französische Präsident sah Papa Chef gespielt vorwurfsvoll an. »Dieses Höhlenbild avec dem Drache, das war un peux ...« Der Präsident schwang seine Hand nachdenklich durch die Luft. »Gewagt, nes pas?«

Numo hatte sich auf Anraten von Iliya in den schwarzen Anzug gezwängt, war aber noch ziemlich angeschlagen von der Rettung Juldres. Dessen Flügel, in denen sich Numo bei dem Ausbruch versteckte, bewahrten ihn zwar vor dem Schlimmsten, dennoch hatte es ihm einige Haare verkokelt, als Juldre all das Gift aus seinem Körper ausspie. Das waren Temperaturen gewesen, bei denen man normalerweise Atome kocht, tief im Inneren von Sternen.

Nachdem Iliya Numo und Juldre mit dem Raumschiff am Krater abgeholt hatte, landete auch das Elobil neben ihnen. Stolz hatte Papa sie umarmt und zur Rettungsaktion gratuliert. Bodas wollte ein Foto von allen, mit Juldre in der Mitte machen, aber Numo erklärte, dass er sich in einer ziemlich geheimen Mission befand und ganz schön Ärger bekommen konnte, wenn irgendjemand auf Barug davon erfuhr. Papa und Bodas hatten das verstanden.

Papa hatte Numo erklärt, dass eigentlich die französische Regierung vorgehabt hatte, ihn und sein Raumschiff in Empfang zu nehmen. Und irgendwie müsse man nun ja auch die italienische Obrigkeit einweihen. Sie einigten sich, dass die Präsidenten Numo und sein Raumschiff kennenlernen durften, dass man aber Juldre, oder Drachen im Allgemeinen, lieber nicht erwähnen würde. Nun, da es ihm wieder besser ging, konnte sich Juldre ohne Gefahr für die Bevölkerung erneut im Krater verstecken. Ihm war das gar nicht so unrecht, denn er wollte sich gerne noch ein wenig in den Schwefeldämpfen erholen. So räkelten sich der französische und der italienische Präsident in den bequemen Sesseln der Gaia 3 und prosteten sich mit Sekt zu.

Die Verteidigungsminister waren ebenfalls dabei und umkreisten sich wie Ladendetektive einen Ladendieb.

»Vous habt l'atomic bomb?«, versuchte sich der italienische Minister erfolglos an der französischen Sprache.

»Aber ja!«, triumphierte der angesprochene Kollege. »Und dieser verdanken auch Sie ihr erbärmliches Leben!«

»Wieso denn das?«, kam Iliya dazwischen.

»Ach, die Kleine vom GESA-Chef.« Der Verteidigungsminister klang recht hochnäsig. »Weil sonst ein Meteorit, das ist ...«

»Ich weiß, was das ist!«, unterbrach sie ihn.

»Ist das so, ja? Nun, wenn wir so einen nicht mit einer Atombombe abgeschossen hätten, wäre er auf die Erde gestürzt und hätte uns eine neue Eiszeit gebracht. Schlimmer als dieser Vulkan hier!«

»Seien Sie da mal nicht so sicher, dass Sie diese Katastrophe nicht erst ausgelöst haben«, sagte sie und ließ den Minister stehen.

»Was fällt dir ein?«, entfuhr es diesem, aber Iliya saß bereits bei Puppie auf einer Liegewiese und zusammen ignorierten sie diesen Auflauf von Personen, die wichtig waren oder sich dafür hielten.

»Ich wollte sowieso lieber mit einem echten Außerirdischen über dessen sicherlich ungeheuerlichen Kriegswaffen sprechen«, grollte der französische Verteidigungsminister zu sich selbst. »Wie«, begann er an Numo gewandt, »verteidigen Sie Ihr Schiff?« Als geschickter Taktiker wollte er ganz unauffällig erfahren, welche gigantischen Waffensysteme sich in dem Raumschiff befanden.

Der Gefragte bohrte grüblerisch in seiner Nase, während Puppie mit verächtlichem Blick an dem Minister vorbeizog und ihn anfauchte, als dieser Anstalten machte, sie zu streicheln.

»A oui, ich sehe! Kampfkatzen!«, versuchte sich dieser an einem Witz und lachte laut darüber. Von Neugier erfüllt studierte er das Seerosenblatt auf dem Teich.

»Warum sollte ich mein Schiff verteidigen?«, meinte Numo nach reiflicher Überlegung. Natürlich lauerten Gefahren, wie Felsbrocken, die aus Vulkanen fliegen, also fuhr er fort: »Ich habe Captain Grün und die Reparaturameisen.«

»Ah! Captain Grün!«, horchte der Verteidigungsminister auf. »Ein Kollege! Kann ich ihn sprechen? Ist er da?«

»Ach, Sie sind auch ein Alarmfrosch?« Numo sah den Verteidigungsminister verblüfft an und führte ihn zu dem Seerosenblatt, wo er ihn stehen ließ.

Seufzend drehte er sich, auf der Suche nach einem Ruhepunkt, um. Überall standen Menschen herum und plusterten sich auf. Ganz besonders die beiden Präsidenten.

»Voulez-vous voir mon nouveax portable?«, fragte der französische Staatschef den italienischen betont beiläufig. Er griff in die Innentasche seines eleganten Jacketts und beförderte ein flaches, matt silbernes Kästchen hervor.

»Scusi?«, fragte das italienische Staatsoberhaupt und korrigierte sich: »Entschuldigung? Was sagten Sie?«

»Ah, pardon, mein neues Handy, wollen Sie es sehen?«, wiederholte der französische Präsident, während er einen Knopf auf dem silbernen Kasten in seiner Hand energisch drückte.

»Natürlich!«, antwortete der Italienische und griff seinerseits in die Innentasche seines Jacketts, um gleichzuziehen.

»Merde!«, zischte der französische Präsident.

»Scusi?«, wiederholte der Italienische, die Hand in seiner Innentasche.

»Es funktioniert nicht!«, schimpfte sein französischer Amtskollege und begann, die Hand, in der er das Mobiltelefon hielt, panisch zu schütteln. Entlang seines Armes hatten sich die Reparaturameisen bereits auf den Weg zu dem defekten Gerät gemacht.

»Au securs! Des fourmis!«, schrie der Präsident.

Alle Anwesenden drehten sich zu dem französischen Präsidenten um, der sein Mobiltelefon mit ebensolcher Verzweiflung wie Schwung in eine Ecke pfefferte, in der es in einige Teile zerbrach.

Der französische Verteidigungsminister zückte seine Pistole und zielte auf die Ameisen auf dem Arm seines Präsidenten. Diese krabbelten jedoch bereits in Richtung des zerbrochenen Telefons.

Numo hielt den Atem an.

Papa Chef und Bodas hielten ebenfalls den Atem an.

»Moment!«, rief Iliya in das Chaos, während sie vor Schmengels Zimmerklappe saß und ihn daran hinderte, zu den Resten des Telefons zu watscheln.

Das Durcheinander verstummte und alle blickten auf Iliya, die zu dem zerbrochenen Telefon schielte. Mensch, sind die fix, dachte sie bei sich, als die letzte Ameise das Mobiltelefon verließ. Sie ging zu dem Gegenstand der Aufregung, hob ihn auf, schaltete ihn ein und überreichte das Gerät, auf dem ein holografisches dreidimensionales Bild erschien, dem französischen Präsidenten.

»Mon dieux!«, hauchte dieser, als er bemerkte, dass sein Telefon nicht nur wieder funktionierte, sondern auch auf einmal dreidimensionale Bilder erzeugte. Als er seine Fassung wiedergefunden hatte, präsentierte er sein Mobiltelefon dem sichtlich beeindruckten italienischen Präsidenten. Dieser steckte unauffällig sein Eigenes zurück in die Tasche und zischte seinem Verteidigungsminister zu: »Warum habe *ich* so etwas nicht?«

Währenddessen flüsterte der französische Präsident seinem Verteidigungsminister zu, wo denn dieses Telefon herkäme. Von den Reparaturameisen konnte er ja nichts wissen.

Papa und Bodas zwinkerten Iliya verschwörerisch zu und grinsten.

»Wer möchte Sonnenbeersaft?«, fragte Numo.

31 Numos Geheimnis

Als die Sirenen des Krankenwagens, der den französischen und den italienischen Präsidenten in die Notaufnahme brachte, verklungen waren, standen Numo und Iliya am Krater des Vesuvs und genossen die Stille.

Papa und Bodas waren sicherheitshalber mit dem Elobil den Sanitätern nachgefahren. Sie fürchteten politische Verwicklungen und wollten diese verhindern. Schon zuvor hatten sie alle Hände voll zu tun gehabt, die Verteidigungsminister davon abzuhalten, Numos Volk sofort den Krieg zu erklären. Endlich hatten sie aber eingesehen, dass der Sonnenbeersaft kein Versuch gewesen war, die Staatsoberhäupter zu ermorden.

Iliya setzte sich auf den noch warmen Boden und ließ ihre Beine über den Kraterrand baumeln.

Plötzlich spürte sie einen heißen Atem an ihren Füßen, als Juldres Kopf sich wachsam über den Kraterrand schob.

»Du kannst rauskommen, keiner mehr da!«, sagte Numo.

Juldre kletterte aus dem Krater und setzte sich neben seinen Bruder und Iliya, die ihn bewundernd ansah. Zwar hatte er sich klein gemacht, nicht viel größer als Numo, dennoch strahlte er etwas Majestätisches aus. Am ganzen Leib glänzten seine dunkelgrünen Schuppen, die bei jeder Bewegung ein raschelndes Geräusch, wie Blätter im Herbst, von sich gaben. An den Flügeln gingen die Schuppen in filigrane goldene Federn über, die einen feinen Flaum bildeten. Die Flügel selbst ähnelten eher denen von Fledermäusen. Natürlich besaß er auch einen langen Schwanz und, neben Numo, das freundlichste Gesicht, das Iliya je gesehen hatte. Sein Mund schien immer leicht zu lächeln, und obwohl man rasiermesserscharfe Zähne darin erkennen konnte, wirkte er nicht bedrohlich. Seine Augen, mit ihrem ruhigen, ausgeglichenen Ausdruck, glitzerten golden wie die Federn.

»Geht's dir besser?«, fragte Iliya.

Juldre schüttelte seinen Körper, sodass seine Schuppen raschelten wie ein Bambushain in einer Sommerbrise.

»Danke! Viel besser!« Mit seiner rechten Hand streichelte er Schmengel über den Rücken, als dieser aus dem Raumschiff gewatschelt kam und herzhaft gähnte.

Der arme Schmengel hatte sich zuletzt doch noch etwas den Rüssel verbrannt, als er die Lavasäule, die Juldre aus dem Vulkan pustete, in einem Stück aufsaugen musste.

»Danke dir! Du bist der Größte!«, flüsterte der Drache und dann, an Numo gewandt: »Du hattest recht, es war ein Fehler, sich nicht an die Vorschriften zu halten.«

»Nein!«, protestierte Iliya. Was hätte sie nicht alles versäumt, wenn Juldre nicht so neugierig gewesen wäre!

»Es wäre um ein Haar fürchterlich schief gegangen!«, sagte Numo. »Du hast gehört, was dein Papa erzählt hat. Was hätte passieren können, wenn die Asche in der Luft geblieben wäre! Und nicht nur das, beinahe wäre eine ganze Stadt zerstört worden.« Dann aber musste er lächeln. »Zum Glück haben wir ja dich getroffen: das Oberhaupt des Planeten Erde.«

Iliya wurde ganz kleinlaut. »Weißt du ...«, sagte sie mit belegter Stimme. »Ich habe dich da etwas angeschwindelt.«

»Ach was«, winkte Numo ab. »Heute *warst* du das Oberhaupt.«

Alle vier mussten lachen und betrachteten schweigend die Sterne am nächtlichen Himmel.

Iliya spürte, dass die Zeit gekommen war, Abschied zu nehmen. »Werde ich euch wiedersehen?«, fragte sie wehmütig.

»Das wäre schön«, murmelte Numo. »Vielleicht möchtest du ja die Patenschaft für mein Kind übernehmen?« Er strich sich zärtlich über den Bauch.

Iliya und Juldre starrten ihn aus aufgerissenen Augen an und fragten fast gleichzeitig: »Du bekommst ein Kind?«

Numo nickte voller Stolz.

»Daher war es dir so eilig, mich zu finden!«, stellte Juldre fest und umarmte ihn.

»Ja klar, auch deswegen«, sagte Numo. »In zwei Wochen werde ich nicht mehr fliegen können und muss zu Hause auf Barug sein. Ich brauche jemanden, der sich um mich kümmern kann.«

»Dann bist du also doch ein Mädchen!«, rief Iliya.

»Nein!«, widersprach Numo. »Ich bin ein Num!«

32 Der Ausbruch des Vulkans

Iliya und Papa saßen am Frühstückstisch, den sie gedeckt hatte: Frischer Kaffee, Teller, Messer, Gabel, Butter, knusprig getoastetes Vollkornbrot, ein Müsli für Iliya und selbst gekochte Erdbeermarmelade für Papa.

Glücklich rührte sie die Milch in ihrem Müsli um, während Papa einen Schluck Kaffee nahm.

Da klingelte es an der Tür.

Papa sah Iliya an und Iliya sah Papa an. Er nickte, als er sich daran erinnerte, dass Ferien waren, und Iliya rannte zur Haustür und öffnete sie.

Karl und Rudi standen an der Tür und fingen sogleich an, auf sie einzureden.

»Man!«

»Hast du ...«

»... das gesehen?«, riefen sie beide wild durcheinander.

»Gestern!«

»Der Vulkanausbruch!«

»Der Hammer!«

»Da sind Steine groß wie Busse durch die Luft geflogen!«

»Die haben ganze Gebäude zum Einsturz gebracht!«

»Und dann die Lava!«

»Millionen!«

»Milliarden!«

»Billiarden Grad heiß!«

»Alles da runter!«

»Eine Explosion ... BOAM!«

Iliya grinste ihre Freunde an.

»Haste gesehen?«

»Gestern im Fernsehen?«

»Der Hammer!«

»Und dann war da so eine Wolke ...«

Und so ging es weiter und weiter, während Iliya und ihr Papa sich ansahen und lächelten. Papa nahm einen tiefen Schluck aus seinem Kaffeebecher und sah seine Tochter über den Rand der Tasse liebevoll an.

»Sollen wir spielen gehen?«, unterbrach Iliya ihre beiden Freunde.

»Klar!«, rief Karl.

»Vulkanausbruch!«, rief Rudi.

Alles, was Papa noch hörte, war das Knallen der Haustür.

»Nicht zuschlagen!«, rief er hinterher und lächelte.

33 Nachwort

Einiges von dem, was mir Iliya erzählt hat, erscheint ein wenig fantastisch und ich muss ehrlich zugeben, dass ich nicht alles vollständig nachvollziehen konnte.

Vieles jedoch ist mir geläufig, daher möchte ich für die interessierten Leser und Leserinnen darauf eingehen, was es mit den einen oder anderen Sachen in Iliyas Geschichte – meiner Meinung nach – auf sich hat.

33.1 Atome

Iliya hat ganz recht: Atome gibt es tatsächlich.

Zunächst einmal handelt es sich dabei um eine sehr alte Idee der Menschheit, welche zum ersten Mal vor über 2500 Jahren aus Indien überliefert ist.

Dahinter steckt folgender Gedanke: Es gibt nichts, das man beliebig oft teilen kann. Irgendwann stößt man auf ein letztes Teil und dieses ist prinzipiell unteilbar. Daher der Name »Atom«, der im Griechischen »das Unteilbare« bedeutet. Diese Idee hat sich bis heute gehalten.

Tatsächlich entdeckte man vor etwa 270 Jahren, dass Atome existieren und dass es 93 verschiedene stabile Atome gibt.

Man sagt auch, es gibt 93 verschiedenartige »natürliche Elemente«.

Aus diesen 93 Elementen setzt sich alles, aber wirklich alles, was du im Universum sehen kannst, zusammen. All die Vielfalt, die dir auf der Erde begegnet, alle Tiere, alle Pflanzen, die Butter auf deinem Brot, das

Brot, die Marmelade und dein Körper, all das ist aus diesen 93 verschiedenen Elementen aufgebaut. Einzig »DU« bist nicht aus Atomen erbaut.

Bitte?

Gerade habe ich doch behauptet, dein Körper ist aus Atomen aufgebaut. Ja, das ist auch vollkommen richtig, aber: Bist DU dein Körper oder ist da noch etwas mehr? DU schreibe ich groß, um DICH von deinem Körper abzugrenzen.

Machen wir ein Experiment: Wir schneiden deine Haare und Nägel, die ja zweifellos zu deinem Körper gehören. Dein Körper ist jetzt verändert. Und DU? Bist du noch DU? Ja, es fühlt sich vielleicht ein wenig anders an, mit so einem coolen Haarschnitt, aber bist DU eine andere Persönlichkeit geworden?

Nein, oder?

Es geht aber noch viel besser: Dein Körper entsteht aus der Nahrung, die du zu dir nimmst und er erneuert sich aus ihr ständig. Nach sieben Jahren wurde jedes Atom in deinem Körper einmal ersetzt. Spätestens nach sieben Jahren hast du also einen vollständig neu zusammengebauten Körper. Bist du danach noch DU? Ja, das fühlt sich so an. DU kannst also nicht identisch mit deinem Körper oder einem Teil davon (Herz, Hirn oder anderes) sein. Doch was ist es dann, was dich auszeichnet? Was ist dieses »Mehr«, das dich von deinem Körper unterscheidet? Darauf gibt es keine echte Antwort, aber sehr viele unterschiedliche Meinungen.

Kehren wir zurück zu den Atomen, denn hier weiß man einiges.

Zum Beispiel: Wie groß ist denn so ein Atom? Leider derart klein, dass sich kein Mensch vorstellen kann, wie winzig sie sind. Versuchen wir es daher mit einem Vergleich. Fragen wir uns, wie viele Atome ein Tropfen Wasser enthält, der ein Gramm wiegen soll. Die Antwort lautet: Es sind etwa 4000000000000000000000000 Stück. Diese

Zahl mit sechsundzwanzig Nullen besitzt keinen Namen. Damit du dir etwas darunter vorstellen kannst, probieren wir es andersherum. Angenommen, du hättest 400000000000000000000000000 Murmeln, je einen Zentimeter im Durchmesser – ganz gewöhnliche Murmeln also. Und angenommen, du füllst diese in einen kreisrunden Sack. Welche Größe müsste der Sack haben, damit alle Murmeln hineinpassen? Die Antwort lautet: fast genauso groß, wie die Erde. So viele Atome sind in einem Tropfen Wasser. Und sie sind so klein, dass sie alle da hineinpassen.

Übrigens weiß man seit etwa hundert Jahren, dass Atome aus noch kleineren Dingen bestehen, die dann aber vollkommen anders sind als Atome.

Iliya hatte also vollkommen recht: Ein Atom ist das kleinste Teilchen, das noch dieselben Eigenschaften hat wie vor dem Teilen.

33.2 Ereignisfahrer

Iliya hat ebenfalls recht mit ihrer Feststellung, dass man, um sich zu bewegen, eben doch von einem Ort zum anderen muss und nicht einfach von einem Ereignis zum nächsten.

Dennoch ist an dem, was Numo sagt, etwas dran.

Es gibt viele merkwürdige Phänomene, wenn wir uns in die Welt der Atome und noch winzigeren Dingen begeben, jener Dinge, aus denen Atome aufgebaut sind.

Das fängt damit an, dass das Wort »Teilchen« dort nicht mehr stimmt: Je kleiner der Ausschnitt der Welt ist, den man betrachtet, desto mehr verschwindet sie und schließlich stellt sich heraus, dass es sie eigentlich gar nicht gibt. Dazu ein Beispiel: Nimm dieses Buch und ein Vergrößerungsglas, das so stark vergrößert, dass du nur noch ein Wort lesen kannst. Plötzlich ist die Geschichte weg und du siehst nur noch ein Wort. Noch größer, und du siehst nur noch einen Buchstaben, dann nur noch einen Strich von dem Buchstaben – jetzt ist mit einem Mal alles weg, was Worte bildete und nur noch die Tinte auf dem Papier ist übrig. Auf ähnliche Weise verschwindet die Welt, je genauer du hinsiehst.

Bleiben wir bei dem Begriff »Teilchen« und schauen uns das Elektron an, welches ein Baustein des Atoms ist. Du kennst Elektronen! Manchmal können diese sich nämlich scheinbar frei von Atom zu Atom bewegen. Das nennt man dann »elektrischer Strom«. Diese Elektronen haben ein paar außerordentlich merkwürdige Eigenschaften: Jedes Elektron befindet sich in einem Raum, den man »Energieniveau« nennt. In einem solchen Raum können niemals zwei Elektronen gleichzeitig sein, wenn sie sich wahrnehmen können. Wenn beide Elektronen sich quasi den Rücken zudrehen (das nennt man »Spin«), dann können auch zwei Elektronen in einem Raum sein. Aber mehr geht nicht. Bei zwei ist Schluss. Junge, Junge, müssen die sich spinnefeind sein!

Wo genau sich jetzt so ein Elektron in einem Raum aufhält, das kann man nicht genau sagen. Es rennt da quasi die ganze Zeit drinnen rum und ist überall gleichzeitig. Das mit dem gleichzeitig ist übrigens tatsächlich so und nicht nur einfach ein Bild.

Sind nun zwei Elektronen im gleichen Raum, müssen sie also jedes einen anderen Spin haben (sie drehen sich den Rücken zu). Das hat eine verrückte Konsequenz. Tun wir mal so, als ob dies Blickrichtungen wären und zwar »rauf« und »runter«. Also: Wenn das eine Elektron rauf guckt, dann muss das andere nach unten sehen. Aber um zu wissen, welches Elektron wohin blickt, muss ich nachsehen, logisch oder? Und jetzt kommen zwei wirklich verrückte Sachen. Erstens: Solange ich nicht nachgesehen habe, gucken beide Elektronen sowohl rauf als auch runter – und zwar beides gleichzeitig. Welches Elektron welche Blickrichtung tatsächlich hat, entscheidet sich erst in dem Moment, in dem ich nachgesehen habe. Das ist also wie mit dem gleichzeitig überall in einem Raum sein. Dazu ein Beispiel: Du und dein Freund sind in einem Zimmer und ihr müsst euch den Rücken zuwenden, sonst habt ihr verloren und bekommt kein Eis. Das Zimmer ist aber dunkel, so dass ihr euch nicht sehen könnt. Jetzt möchte ich wissen, wer von euch wohin guckt. Das heißt: Ich mache das Licht an. Was passiert? Na, ihr seht euch und dreht euch schnell, bevor ich etwas bemerke, den Rücken zu – schließlich wollt ihr doch das Eis gewinnen?

Zurück zu den Elektronen wird es Zweitens noch verrückter: Trennen wir mal die beiden Elektronen. Sie sind also nicht mehr im gleichen Raum, sondern, sagen wir mal, sie fliegen auseinander. Wenn ich dann bei einem der beiden nachsehe, welche Blickrichtung es hat und feststelle, dass es nach unten guckt, dann wird im selben Moment das andere Elektron nach oben sehen. Und zwar auch dann, wenn die beiden schon seit Millionen von Jahren nicht mehr zusammen waren. In dem Moment, in dem sich das eine Elektron für eine Blickrichtung »entscheiden muss«, weil ich nachsehe, entscheidet sich das andere für die gegensätzliche Richtung. Aber woher weiß das andere Elektron denn, dass ich bei seinem einstigen Zimmergenossen nachgesehen habe? Oder anders gefragt: Wenn das du und dein Freund wären, würde es nicht funktionieren, denn wenn ich nachsehe, wohin du dich gewendet hast – woher soll dein Freund davon wissen, wenn er doch ganz woanders ist?

Genau das sind nun zwei Ereignisse, die über die Zeit und den Raum miteinander verbunden sind, so, wie Numo das meinte.

Übrigens hatte Iliya hier eingewandt, dass man von einem Ereignis zum anderen trotzdem nur mit Lichtgeschwindigkeit kommt, und damit recht gehabt. Vielleicht muss man also die Reparaturameisen fragen, was sie davon halten.

Ob das Raumschiff so funktioniert wie Numo behauptet, weiß ich nicht. Ist ja auch irgendwo logisch, sonst würde ich ja schließlich keine Bücher schreiben, sondern Raumschiffe bauen, oder?

33.3 Rüsselbären von Auris 3 und Schwarze Löcher

Der Planet Auris 3 ist mir nicht bekannt. Vielleicht hat Numo einen anderen Namen dafür als wir, vielleicht kenne ich den Planeten auch einfach nur nicht. Tatsächlich gibt es aber sehr viele andere Planeten im Weltraum, auch solche wie die Erde. Ständig entdecken wir Neue. Es dürfte daher recht wahrscheinlich auch woanders Leben geben, vielleicht sogar Geschichten erzählende Wesen.

Schwarze Löcher gibt es jedenfalls. Beispielsweise im Zentrum unserer Milchstraße ist so ein Gebilde.

Schwarze Löcher ziehen tatsächlich alles in ihrer Nähe an, und sobald sich etwas über den sogenannten Ereignishorizont einem Schwarzen Loch genähert hat, ist es weg: Das Loch hat es verschluckt und gibt es nie wieder frei. Man könnte mit einem Schwarzen Loch dementsprechend die Lava eines Vulkans problemlos aufsaugen. Dumm wäre nur, dass auch alles andere drum herum aufgesaugt würde: der Vulkan, Neapel, die Erde.

Wie es die Rüsselbären schafften, ein Schwarzes Loch im Bauch zu haben, ohne davon selbst verschluckt zu werden, ist erstaunlich und meiner Meinung nach nicht möglich. Ich hätte mich gerne mal näher mit einem Wissenschaftler von Numos Planeten darüber unterhalten, aber Numo sagt ja leider nicht, wo sein Heimatplanet Barug zu finden ist.

33.4 Die Gaia 3

Numos Raumschiff ist ein Wunderwerk an, nun, an was? Jedenfalls nicht an dem, was wir »Technik« nennen. Vielmehr ist sein Raumschiff ein eigenes kleines Biotop.

Kann so etwas sein? Kann man auf einem Raumschiff überleben, das ganz ohne Technik, also Stromkraftwerke, Fernseher, Kameras, Computer und solche Dinge auskommt?

Wer jetzt denkt, »so ein Quatsch«, möchte sich in einen der letzten unberührten Urwälder der Welt begeben, oder in den Garten (zur Not auch auf einen Balkon) der heimischen Wohnung. Dann bitte nach oben gucken. Im Allgemeinen sollte man nun den Himmel sehen.

Warte auf eine klare Nacht und beobachte die Sterne, so wie Iliya es im Raumschiff tat. Betrachte den Mond und lass deine Seele baumeln. Sei ganz du selbst, nur DU und das, was du bist. Nun stelle dir deine Vergangenheit, deine Großeltern und Urgroßeltern und schließlich all deine Vorfahren vor. Sie alle haben das Gleiche gesehen wie du! Sogar öfter als du, denn sie hatten keine Technik, Fernseher, Computer oder Handys – nur die Natur und sich selbst.

Fällt dir etwas auf?

Ein kleiner Tipp: Die Erde fliegt durch den Weltraum, wenn auch nicht frei, sondern wie ein Karussell immer um die Sonne herum.

Die Sonne ist an die Milchstraße gebunden und umkreist zusammen mit ihren Planeten das Zentrum dieser Galaxie, welches ein gewaltiges Schwarzes Loch ist. Unsere Milchstraße gehört zu einer Gruppe anderer Galaxien, die sich umeinander bewegen. Der Tanz von Giganten. Und von diesen Haufen gibt es wieder Gruppen.

Du siehst: Die Erde ist sogar das einzige Raumschiff, das wir kennen, mit dem lange Reisen durch das Universum möglich sind. Nur steuern können wir es nicht.

33.5 Höhlenmalereien

Was Iliyas Papa über Höhlenmalereien erzählte, ist fast alles wahr. Einzig das mit dem Raumschiff und dem Drachen ist, na, wie sage ich es, ein klein wenig von mir dazu erfunden worden, um die Geschichte spannender zu machen.

Die erwähnten Handabdrücke finden sich in verschiedenen Höhlen in Frankreich und Spanien.

Die Malereien sind teilweise in den Stein geschnitzt oder der Oberfläche des Steins angepasst worden. Wenn man diese im flackernden Schein eines Feuers betrachtet, erwachen die Zeichnungen scheinbar zum Leben und bewegen sich. Es sind wahre Kunstwerke. Man kann sich vorstellen, wie die Menschen damals vor einer besonders gelungenen Zeichnung saßen, ihren Bewegungen im Feuerschein zusahen und sich dazu Geschichten erzählten.

33.6 ESA und GESA

Die ESA ist tatsächlich die »European Space Agency«, auf Deutsch also die »Europäische Weltraumagentur«. Sie ist damit das, was die NASA in Amerika ist.

Sie schicken Satelliten in den Weltraum, um das All zu erforschen. Sie arbeiten mit der NASA zusammen, um Astronauten auszubilden, bauen Raumstationen und vieles mehr.

Ob es die GESA, die »Geheime Europäische Space Agency« gibt, ist so geheim, dass niemand es weiß. Außer Iliya, Numo, Bodas und Papa. Persönlich habe ich noch nichts davon gehört.

33.7 Ausserirdische und UFOs

Gibt es außerirdisches Leben?

Bis vor ganz kurzer Zeit hat der Mensch geglaubt, dass die Erde einmalig im gesamten Universum ist. Noch als ich ein Kind war, wurde man von vielen böse angesehen, wenn man behauptete, auch andere Sterne hätten Planeten, nicht nur die Sonne. Als ich anfing Physik zu studieren, hatte man es gerade geschafft, die ersten Planeten außerhalb unseres Sonnensystems nachzuweisen. Das ist gar nicht so einfach, denn schau dir mal die Sterne am Himmel an, wie klein die sind. Dabei sind sie alle größer und heller als unsere Sonne (die kleineren kannst du nämlich nicht einmal sehen). Wie soll man also in den Weiten des Weltalls etwas finden, das selbst gar kein Licht erzeugt, also dunkel ist, und obendrein nur so winzig ist, wie die Erde?

Mit ein paar Tricks hat man das hinbekommen und heutzutage findet man derart viele Planeten, dass es als gesichert gilt, dass Sonnensysteme mit Planeten die Regel und nicht die Ausnahme im Universum sein dürften.

In der Zeit, in der ich diese Geschichte geschrieben habe, hat man wenigstens zwei Planeten entdeckt, die uns sehr nahe sind und auf denen man erdähnliche Bedingungen vermutet.

Und Leben?

Man hat auf der Erde in den tiefsten Tiefen der Meere Leben gefunden. Man hat in den giftigsten Lebensräumen Leben gefunden, in den kältesten und auch den heißesten Regionen. Selbst in glühender Lava.

Anscheinend wohnt der Materie ein starker schöpferischer Funke inne. Es wäre also schon sehr merkwürdig, wenn es auf *keinem* anderen Planeten Leben gibt.

Und intelligentes Leben? Ja, warum nicht?

Also werden wir irgendwann mit Außerirdischen sprechen können?

Nein.

Nach allem, was wir heute wissen und kennen, kann sich nichts schneller bewegen als Licht, wie Iliya ja auch so richtig angemerkt hat. Um voneinander zu erfahren, muss man in Kontakt treten. Das aber geht eben nicht schneller als Licht.

Nun ist der uns am Nächsten gelegene Stern, Alpha Centauri, etwa 4,3 Lichtjahre von uns entfernt. Das bedeutet, Licht benötigt 4,3 Jahre um von dort zu uns zu gelangen. Selbst wenn dort ein bewohnter Planet wäre, ein Gespräch wäre sehr langweilig, da man immer fast 9 Jahre warten müsste, bis man eine Antwort bekommt. Tatsächlich ist es aber noch viel schlimmer, denn dort ist kein solcher Planet. Und andere Planeten sind ja noch viel weiter weg.

Aber man könnte sich doch besuchen, oder?

Was ist also mit außerirdischen Raumschiffen, die uns aufsuchen, so genannten UFOs?

Auch da gibt es ein paar Probleme. Willst du eine Reise von mehreren tausend Jahren antreten? Kannst du ja gar nicht, denn so alt wirst du nicht. Außerdem hat hohe Geschwindigkeit noch einen reichlich blöden Nebeneffekt. Der ist aber wirklich schwer zu erklären, daher lasse ich es hier. Nur soviel: Die Zeit ist nicht mehr gleich. Das kann man sogar messen. Wenn man zwei Uhren ganz exakt synchronisiert, eine auf der Erde behält und die andere mit einem schnellen Flugzeug einmal um die Erde schickt und nach der Landung die Uhrzeiten vergleicht, stellt man fest, dass die Uhr im Flugzeug ein bisschen nachgeht. Das liegt übrigens nicht an der Uhr. Die Leute, die im Flugzeug sitzen, altern, aus Sicht der Menschen auf der Erde, auch langsamer.

Verrückt, oder?

Je schneller das Flugzeug fliegt, desto mehr wird die Uhr nachgehen, bis sie nahe Lichtgeschwindigkeit fast stehen bleiben wird – aber nur aus Sicht derjenigen, die Zuhause geblieben sind. An Bord des Raumschiffes bemerkst du davon nichts.

Wenn das, was wir heute wissen, grundsätzlich stimmt, dann kann es also keine Besuche von Außerirdischen geben.

Wenn da nur nicht Numo mit seiner Ereignisfahrer-Theorie wäre. Ich muss ihn wirklich nochmal fragen!

33.8 Merde

Nun, selbstverständlich habe ich auch noch nachgesehen, was dieses Wort, welches unser Übersetzungscomputer nicht übersetzen wollte, bedeutet. Man könnte es etwa folgendermaßen übersetzen: »Also, das ist jetzt wirklich ärgerlich.« Nur etwas kürzer und prägnanter.

Diese Abkürzung wird gerne von Erwachsenen, vor allem in Frankreich, verwendet. Das liegt daran, dass Erwachsene nie Zeit haben, und das muss man nicht gut finden, oder?

Ich möchte daher hinzufügen, dass Kinder lieber die längere Version, die ich verwendet habe, sagen sollten.

Vor allem in Frankreich ...

5093631R00084

Printed in Germany
by Amazon Distribution
GmbH, Leipzig